EL REENCUENTRO

Adelina Márquez

El reencuentro

Deauno.com

Márquez, Adelina
   El reencuentro. - 1a ed. - Buenos Aires : Deauno.com, 2008.
   116 p.; 21x15 cm.

   ISBN 978-987-1462-82-7

   1. Narrativa Méxicana. 2. Novela. I. Título
   CDD M863

contacto@elaleph.com
http://www.elaleph.com

Primera edición

ISBN 978-987-1462-82-7

Hecho el depósito que marca la Ley 11.723

Impreso en el mes de diciembre de 2008 en
Docuprint S.A.,
Buenos Aires, Argentina.

AGRADECIMIENTOS

Quiero agradecer especialmente a Dios, que me dio la vida y la felicidad.

A mis padres Cristobal y Ana María, a mis hijos y mis nietos que son la alegría de mi vida, a Raúl, mi esposo y lector de lo que escribo. También quiero agradecer, aunque ya no vive, a mi querida amiga y maestra aunque era una maestra retirada, su último trabajo lo hizo conmigo, pues ella inculcó en mí el amor por la lectura, le rindo un homenaje póstumo a mi maestra Catita.

A mi amiga Verenice López, que me ayudo con mi primer libro *La elegida*. Quiero agradecer a los hermanos de la Iglesia y a los que han comprado y leído *La elegida*.

Gracias por su apoyo. Sin ustedes no lo hubiera logrado. Juntos son mi fuente de inspiración.

Una tarde calurosa del mes de agosto, en el cuarto de un hotel de un pueblo del estado de Chiapas. Melisa Kent, una reconocida investigadora científica de Estados Unidos, había sido llamada del Instituto de Investigación de Enfermedades de Nueva York para investigar una rara enfermedad que estaba provocando varias muertes entre los habitantes y lo más doloroso de todo es que los más afectados eran los menores de edad, porque sus defensas, al estar más débiles, eran atacadas más fácilmente. También los ancianos: sus debilitados cuerpos eran presa fácil. Así que Melisa trabajó arduamente para controlar la enfermedad y aparentemente lo había logrado ya. Sus ayudantes hacía una semana que habían regresado al Instituto llevando las muestras que Melisa deseaba que fueran examinadas para determinar la raíz del mal e intentar a su regreso a Nueva York encontrar una vacuna para prevenir que en lo sucesivo se presentara otro brote de enfermedad tal vez con peores resultados.

Ella había permanecido en el pueblo, pues deseaba conocer un poco más acerca de la cultura, costumbres y supersticiones del lugar y ahora lo que más la asombraba era el hecho de que una gran cantidad de personas que conoció en esos días creían en la hechicería, la brujería y el poder de las hierbas en la salud o enfermedad de la gente. Ella creía en las hierbas curativas pues sabía de una gran cantidad pero lo que más le costaba

7

creer era en el poder de las hechiceras para convertir a las personas en zombies que obedecieran sólo la voluntad de su hacedor y ver sobre todo que una gran cantidad de los convertidos en zombies eran hombres convertidos por sus propias esposas como venganza después de un adulterio. Eso era una aberración que escapaba a su imaginación de mujer culta educada en un ambiente completamente diferente y sinceramente no lo creía sino que ella pensaba que eran producto de la imaginación e ignorancia de las mujeres que buscando un consuelo a su desesperación se dejaban engatusar por gente sin escrúpulos capaces de todo por dinero. Pero lo mejor es que había conocido diversas hierbas y había investigado y aprendido sus propiedades curativas pero la realidad se debía imponer y ahora de manera apresurada estaba terminando de empacar para regresar a su país. En unos minutos, Leonardo, el conductor de la avioneta llegaría a recogerla. La avioneta era antigua y mal cuidada y no le inspiraba mucha confianza a Melisa pero era el único medio de transporte aparte, claro, de caballos que Melisa no tenía la menor intención de usar. Pocas veces en la vida había montado a caballo y no le agradaba así que se había resignado a viajar en la vieja avioneta. En ese momento tocaron a la puerta y al abrir se encontró frente a ella a María la mujer que hacía la limpieza. Era una mujer de edad mediana de abundante pelo negro y muy lacio que en esta ocasión llevaba suelto y le enmarcaba un rostro de facciones indígenas pero tenía una belleza indefinible. Tal vez fueran los grandes ojos y la nariz recta lo que la hacía lucir atractiva. Melisa había aprendido a quererla con el transcurso de las semanas que pasó en el hotel pues María se daba suficiente tiempo para platicar con ella. A través de sus palabras Melisa había conocido algunas historias y ahora tenía en sus manos una bolsita de terciopelo rojo que le alargaba para que la tomara diciéndole:

–Es para la buena suerte. Tómela y espero que Dios nuestro padre la cuide y la proteja.

Melisa todavía no se acostumbraba al hecho de que María juntaba las supersticiones con la fe en Dios pero no quería ofenderla, así que la tomó en sus manos y la depositó en la mesita de noche y, acto seguido, abrazó a una asombrada María que correspondió a su abrazo a pesar de que en la cultura de ella no se acostumbran los abrazos entre amigos: a los únicos que se abraza es a los padres, hijos o hermanos. Después de decirle adiós se alejó corriendo y llorando. Melisa se quedó pensando "voy a echar de menos a esta mujer". María en sus ratos libres la visitaba en su cuarto y le contaba cómo algunas personas usaban las hierbas silvestres unas veces para sanar y otras para hacer mal. María fue la primera en decirle que había hierbas que hacían perder la voluntad de vivir a personas a quienes se las administraban en dosis en las comidas o en las bebidas. Los convertían en robots que sólo se dedicaban a trabajar porque así se lo ordenaban y si quien los dominaba no quería que visitaran a los familiares o que los recibieran en la casa la persona dominada así lo aceptaba pues no tenía la voluntad de oponerse a los deseos de su dominadora o dominador pues su voluntad no le pertenecía. Melisa se estremeció una vez más como cada vez que pensaba en ello pues no comprendía que hubiera personas que se conformaran con eso pues María le contó que ella había presenciado algo así: una vecina de ella era golpeada por su esposo cada vez que llegaba ebrio o cuando ella reclamaba por sus continuas infidelidades. Fastidiada ya de eso fue a consultar a una bruja para preguntarle qué se podría hacer para que su esposo dejara de tomar y de serle infiel a lo que la bruja le dijo:

—No te preocupes. Te voy a dar estas hierbas, las pones en una vasija a hervir en un litro de agua y cuando se consuma a menos de la mitad le agregas unas gotas de aguardiente y le pones cinco gotas diariamente en la comida o en algo que estés segura que va a beber y verás los resultados.

A los pocos meses el pobre hombre estaba bajo la voluntad de ella. No tomaba ni salía si ella no se lo permitía y sólo hacía lo que ella quería. Inclusive María la había visto coquetear con los hombres delante de él sin que dijera nada a pesar de que él era un hombre muy celoso que la golpeaba si ella salía de la casa sin avisarle que iba a salir o si la veía platicando con alguien y había llegado al grado que cuando se casó con él esa misma noche el le tiró los cosméticos para que no volviera a maquillarse. Eso, según le dijo María, la mujer se lo había contado. Otra cosa que estaba fuera de la imaginación de Melisa era el hecho de que muchas mujeres eran golpeadas por el esposo sin que nadie interviniera, cosa muy común en este lugar pues con horror ella pudo presenciar cómo un hombre golpeaba salvajemente a su esposa sin que nadie interviniera, ni siquiera la policía. Eso para ella era inconcebible viniendo de un lugar donde los derechos de la mujer se respetan. Melisa suspiró al recordar la ciudad de Nueva York donde pronto estaría y donde la esperaba su novio David, un afamado especialista en pediatría. Era un hombre bueno, dedicado a su trabajo y a cumplir los caprichos de ella. A pesar de eso, Melisa no lo amaba pero a su lado se sentía segura, tranquila, amada y protegida. Para ella eso era suficiente aunque a veces pensaba seriamente en lo que su amiga Lorena le decía siempre:

–Melisa, no puedes conformarte con una relación así. El verdadero amor no es sólo tranquilidad o protección. El verdadero amor es el que te hace hervir el corazón, que te hace sentir un vacío en el estómago cuando lo ves, el verdadero amor te hace desear tenerlo junto a ti en cada momento de tu vida y cuando lo encuentres vas a saberlo inmediatamente y no vas a querer dejarlo jamás.

Melisa sólo sonreía cuando la escuchaba decir eso pues para ella la relación con David era perfecta: al ser una joven exitosa en su carrera no necesitaba una relación asfixiante y como lo relataba Lorena se le hacía que un amor así le quitaría su independencia. Con David no, él respetaba cuando ella tenía que alejarse por meses de su lado. Como si lo hubiera llamado con el pensamiento... en ese justo momento sonó el teléfono y al contestar dio un salto de alegría, pues era David quien la llamaba:

–¿Sabes? Estaba pensando en ti.

–Qué bien –dijo él– yo también paso muchas horas pensando en ti. ¿Cuándo regresas?

–Pronto, en unos minutos salgo para San Cristóbal de las Casas. estoy esperando a Leonardo, el conductor de la avioneta que me llevará al aeropuerto. Es el único medio de transporte que hay aquí así que contraté sus servicios pues lo otro son caballos pero no pienso pasarme seis horas dando tumbos en un caballo, así que la única opción era la avioneta, que tampoco es la gran maravilla pero al menos vuela pues aquí no hay carreteras y ese aeropuerto es el más cercano. De ahí tomaré el avión a Nueva York y en catorce horas estaré contigo.

–Está bien –dijo él–. Llámame cuando tengas tu hora de llegada para ir a recogerte al aeropuerto y discúlpame pero me están llamando, posiblemente sea una emergencia del hospital.

—Te llamaré, no te preocupes. Atiende tu llamada —dijo Melisa, para acto seguido colgar el teléfono. Se quedo pensando en David, siempre ocupado con sus pacientes. Su labor era agotadora algunas veces. Era un magnifico doctor y muy expresivo. Ella podía adivinar en su rostro las emociones al final de cada día. Así sabía por su expresión si había ganado la batalla contra la muerte o si la había perdido. Recordó claramente cuando perdió su primer paciente. Llegó a la casa y se dejo caer en el sofá, se cubrió la cara y empezó a llorar sin importarle dejar al descubierto lo que estaba sintiendo frente a ella y cuando le preguntó qué pasaba le dijo:

—Esta tarde hubo un accidente de auto y llegó al hospital una familia completa: un hombre una mujer y su hijo, todos en un estado de salud lamentablemente grave. Inmediatamente me hice cargo del menor y después de luchar horas con la muerte al final fui derrotado y el menor murió después de luchar largas horas con el resultado final que ya te dije. Dios, Melisa, no te puedo explicar lo que sentí en ese momento de mi vida. Sentí que tanto tiempo estudiando no sirvió de nada, que mi vida de estudios no valía la pena si no había podido salvar una vida inocente y lo más difícil fue darles la noticia a los padres. No te imaginas lo difícil que fue para mí ver su gesto de dolor al decirles que su hijo estaba muerto y saber que no puedes hacer nada para aliviar su dolor. ¿Comprendes? Una vida que apenas empezaba fue truncada antes de florecer cuando esto paso me sentí impotente y frustrado.

Melisa lo abrazó fuertemente y lo dejó desahogarse libremente hasta que se calmó. En ese momento, se escuchó el toque en la puerta y la voz de Leonardo que decía:

—Melisa, ya estoy aquí. ¿Ya está lista?

Melisa se sobresaltó y dijo:

–Sí, pase.

Y Leonardo entró y tomando las maletas las colocó en el carrito del hotel para transportarlas hasta la avioneta. Cuando llegó abrió la puerta y rápidamente las subió a bordo y abriendo la otra puerta tomó la mano de Melisa para ayudarla a subir. Melisa, antes de subir, volteó a ver el hotel despidiéndose mentalmente del lugar en el que había estado por espacio de varios meses. Ya estando instalada en el asiento y con el motor en marcha, Melisa se sintió nostálgica y a la vez alegre, pues pronto estaría en Nueva York. Leonardo, adivinando sus pensamientos, le dijo:

–Tranquila, Melisa, en dos horas estará en el aeropuerto. –Y levantaron vuelo.

A Melisa siempre le daba un poco de miedo volar pero por su trabajo tenía que viajar mucho y la forma más fácil y rápida era por avión, así que con un suspiro de resignación se acomodó lo mejor que pudo, esperando que todo saliera bien una vez más.

Apenas llevaban media hora de vuelo cuando Melisa sintió un zarandeo y preguntó:

–¿Qué pasa, Leonardo?

–No lo sé –dijo él–, tal vez es sólo un poco de aire –y de nuevo se sintió el zarandeo, sólo que esta vez se sintió mucho más fuerte. Melisa dio un grito de terror y Leonardo le dijo–: Melisa, abroche su cinturón de seguridad. Algo está muy mal. –en ese momento empezó a salir humo del ala derecha de la avioneta. Melisa se sentía al borde del pánico y dijo:

–Leonardo, vamos a morir.

–No, no diga eso –dijo él–. Voy a tratar de aterrizar.

Melisa, cerrando los ojos, asintió intentando controlar el profundo temor que estaba sintiendo mientras la avioneta se

13

balanceaba sacudiéndose y el fuego empezaba a asomar sobre el ala y bajaba hasta caer sobre un árbol que, amortiguando la caída, les permitió detenerse por algunos minutos para luego después de un ruido ominoso desplomarse pesadamente dando tumbos en las ramas del árbol. Casi al llegar abajo, una gruesa rama entró por la ventana golpeando a Melisa que perdió el conocimiento. Cuando despertó, Leonardo le estaba mojando la cara con un poco de agua y ya estaba fuera de la avioneta. Al momento, su mirada se desvió hacia lo que había quedado de la avioneta y al verla se sintió perdida y comenzó a llorar.

–Cómo saldremos de aquí –dijo entre sollozos y Leonardo abrazándola, le respondió:

–No llore, saldremos de aquí, ya verá que podremos hacerlo. Pero lo primero es ver qué se puede salvar de la avioneta. Tal vez el radio no haya sufrido desperfectos y así me podría comunicar para pedir ayuda –y se encaminó al interior de la avioneta.

Aunque la estructura estaba tan averiada que tuvo miedo de quedar sepultado por los hierros retorcidos, como pudo se abrió paso y al entrar y ver la radio, Leonardo se asustó esta vez en serio, pues la radio estaba completamente destruida: una gruesa rama había caído sobre ella y la había aplastado por completo. Resistiéndose a darse por vencido, tomo la poca agua que había y unas galletas y la lámpara y ya de regreso al lado de Melisa trató de que su semblante no delatara el desencanto y la desesperación que lo estaban dominando, porque él sabía que era muy difícil que salieran con vida. Todo estaba en contra de ellos. Un agudo temor se había apoderado de su corazón pero a toda costa tenía que ocultárselo a ella. Melisa sin poder ocultar sus lágrimas le preguntó:

–¿Qué pasó con la radio?

14

Sin poder ocultarle la verdad, le dijo:

—Está destruida por completo.

—Oh, Dios mío —dijo Melisa—. ¿Qué haremos ahora?

Leonardo, tratando de infundirle valor, le dijo:

—Lo que podemos hacer es buscar la manera de llegar a la rivera del río Usumacinta. Estoy seguro de que al encontrarlo sabré orientarme para llegar a un poblado.

—No sería mejor quedarnos aquí y esperar que nos rescaten?

—Claro que no. Mire, Melisa, seré sincero con usted: no tenemos agua, comida ni armas. ¿Cuánto tiempo cree que sobreviviremos así? Además fíjese bien en la posición en que quedó la avioneta y dígame qué cree usted que nos salvo de morir.

Melisa se quedó observando los restos de la avioneta y dijo:

—Los árboles amortiguaron la caída y eso nos salvó.

—Bueno —le contestó Leonardo—. Esos mismos árboles que nos salvaron la vida son los que impedirán que al buscarnos por aire puedan vernos y por tierra tardarían semanas en encontrarnos y sólo encontrarían nuestros cuerpos pues no sobreviviríamos ni una semana sin agua ni comida. Además de los animales salvajes que abundan en la selva de los que no podríamos defendernos sin armas, así que esta noche dormiremos aquí y temprano empezaremos a caminar para encontrar el río.

Buscaron protección al lado de un gigantesco árbol que tenía el tronco ahuecado. Ahí durmieron, más bien dormitaron a ratos, pues los diferentes ruidos de la selva los mantuvieron despiertos la mayor parte de la noche. Apenas vieron los primeros rayitos de sol que lograban pasar por entre el follaje de los árboles se apresuraron a recoger lo poco que tenían y se pusieron en camino. A pesar de su precaria situación, Melisa no podía dejar de admirar todo cuanto la rodeaba: una gran variedad de plantas y animales que ella jamás había visto. A su derecha en ese momento cruzaba un jabalí que si prestarles atención como si supiera que no eran rival para él solo los miró y se alejó de ahí. Más allá vio un ave de plumaje multicolor que estaba parada en una rama y más allá cruzó corriendo un leopardo cuyas manchas relucían al sol y al cruzar vio un árbol de cuyas ramas colgaba un fruto negro y reluciente. Ella lo tomó en su mano y vio que era ligeramente alargado.

—¿Es comestible? —le preguntó a Leonardo.

—No sé —dijo él—, pero más vale que tengamos cuidado. Por estos lugares hay una gran variedad de frutos venenosos que casi nadie conoce. Dicen que los únicos que conocen la selva como la palma de la mano es la tribu de los lacandones. En realidad yo no sé siquiera si existen o no, para mí todos los indios son iguales pero la gente que los conoce dice que los han visto cerca de los pueblos. Otros dicen que ya no hay, que se extinguieron, pero yo en realidad no lo creo si son tan buenos cazadores y conociendo la selva como la conocen no pudieron desaparecer por completo. Más bien me inclino a pensar que no les agradan nuestras costumbres y que la llamada civilización es algo que ellos prefieren evitar y, ¿sabes?, no los culpo por mantenerse alejados de los pueblos. Hay ocasiones en que yo también quisiera huir, desaparecer, sobre todo cuando experimento algunas de las tantas injusticias que hay.

Así, platicando y caminando se terminó el día y Leonardo buscó un lugar donde pasar la noche y preocupado se dio cuenta de que sólo tenían una botella de agua y unas pocas galletas, seis para ser exactos. Así que tomo dos y se las dio a Melisa. Él se comió dos y guardó las retantes para el día siguiente. Esta vez durmieron profundamente debido al cansancio de la caminata y la dificultad de transitar por tantas horas sorteando la maleza y los peligros de la selva, pues más de una vez estuvieron cerca de animales que son extremadamente peligrosos pero afortunadamente pasaron de largo, tal vez al no tener hambre respetaron sus vidas.

Al despertar vio cerca de ella un hermoso pajarito de vívidos colores y Leonardo le dijo:

—Es un colibrí. —Y alargándole una galleta le dijo—: debemos irnos pues es la última galleta que nos queda y si hoy no llegamos al río estaremos en problemas. Tampoco nos queda mucha agua.

Al empezar a caminar, Melisa tratando de no pensar en su estómago que reclamaba alimento haciendo ruidos, empezó una conversación:

—Qué hermosos son los colibríes, ¿no crees?

—Sí —dijo él—, verdaderamente hermosos. Por eso uno de los cuentos tradicionales más hermosos de Huehuetenango es el del colibrí que se narra entre la gente. Dicen que había una hermosa joven que se sentaba en el patio de su casa con su telar de cintura a tejer.

»Un joven se enamoró de ella pero no podía entrar a la casa porque el papá era muy bravo. Entonces el joven estaba tan triste que se fue a la orilla del río y ahí lloraba desconsoladamente y lo escuchó la madre naturaleza y le dijo "mira, al estar llorando con tanta pena me has conmovido y estuve pensando en la forma de ayudarte. Te haré un regalo. Podrás convertirte en colibrí que al ser tan rápido para volar estarás a salvo si su padre te ve. Sólo tendrás que desearlo con todo tu corazón y tu amor por ella". El joven se fue a las cercanías de la casa y cuando la vio se convirtió en colibrí y voló hasta su regazo, así la joven dejo de tejer y se fijó en los ojos del animalito, se enamoró de él y lo puso en una jaula. Pero el colibrí no se quedaba quieto por lo que lo llevó a su cuartito. Ahí el colibrí se convirtió en hombre, enamoró a la joven y huyeron juntos.

»Los padres los persiguieron y cuando los encontraron el joven se convirtió otra vez en colibrí. Se escondió en el tejido y ya no salió más.

»Por eso es que todas las jóvenes de Huehuetenango tejen figuras de colibrí en sus rebozos, para esperar al novio que algún día vendrá a sus vidas.

—Qué hermoso cuento —dijo Melisa—. Creo que aprenderé a tejer para encontrar a mi verdadero amor.

Leonardo se río de las ocurrencias de Melisa. Admiraba a esa joven que, a pesar de todo, conservaba su ánimo. Estaba seguro de que cualquier mujer en su lugar estaría histérica y quejándose todo el tiempo. En cambio ella no había emitido ninguna queja a pesar de que él estaba seguro de que tanto sus pies como su estómago estarían pidiendo descanso y alimento y aun así tenía ánimos y bromeaba mientras seguían caminando. La valentía de esa joven le estaba ofreciendo un nuevo aprendizaje para no desesperarse, pues hacía ya un rato que se había dado cuenta de que estaban perdidos así que tenían que caminar con mucha precaución por los animales que abundaban en la selva y él hondamente preocupado pues veía muy remota la posibilidad de encontrar el río y ya era la tercera noche desde el accidente. Se prepararon para pasar la noche sin tener nada que comer. Sólo unos tragos de agua. Y durmieron a pesar de que el hambre era terrible.

Al amanecer no tuvieron ni el alivio de un poco de agua en su estómago pues la que quedaba se había derramado en la tierra durante la noche. Tal vez los continuos golpes habían hecho una abertura en la botella, así que se pusieron en marcha y apenas habían caminado unas pocas horas cuando Leonardo alargó la mano para retirar la maleza y poder pasar cuando dando un grito de dolor la retiró inmediatamente, pues sintió un dolor agudo en su brazo derecho y se dio cuenta de que lo había mordido una víbora muy venenosa.

Melisa se quedó como hipnotizada viendo cómo se alejaba la serpiente y cómo Leonardo, sin nada con que extraer el veneno, se apretaba la mano víctima de horribles dolores. Podía sentir claramente cómo el veneno recorría el trayecto hacia su corazón y sabiendo que estaba a punto de morir le dijo:

–Melisa, voy a morir. Ese era un animal muy venenoso. No durare mucho, no se quede aquí, siga caminando y encuentre el río y cuando lo encuentre siga la corriente pues ella la llevará al pueblo.

Después de decir aquello, murió. Melisa lloró mucho pero sobreponiéndose al dolor que le causaba la muerte de Leonardo, se levantó y le echó encima unas ramas al cuerpo sin vida y siguió caminando.

Después de caminar unas horas cuando oscureció y buscó dónde pasar la noche. Si antes estaba asustada ahora estaba aterrada, pues estando sola y escuchando los ruidos de la noche, éstos le parecían aterradores pues se oía el aullar de los coyotes, el ruido de los búhos y de las lechuzas como si estuvieran presagiando el mal a pesar del cansancio y de su pena por la muerte de Leonardo. No pudo dormir ni siquiera un poco y en cuanto hubo un poco de luz continuó caminando.

Su temor le hacía sentir, desde que se levantó y empezó a caminar, que alguien la seguía. Se sentía vigilada y hubo un momento en que le pareció oír pasos entre la maleza pero al detenerse a escuchar todo estaba igual. Sólo se escuchaban los ruidos de los animales y, en lugar de sentirse tranquilizada, se asustó tanto que, sin pensarlo, se echó a correr sin fijarse, por lo que sintió que el suelo cedía bajo sus pies y cayó perdiendo el conocimiento.

Mientras tanto, David había llegado a San Cristóbal de las Casas y, desesperado, trataba de que las autoridades del lugar lo ayudaran a buscar a Melisa.

El jefe de la policía le dijo:

—Es muy difícil encontrarla, yo diría que es imposible. Esa selva es muy peligrosa. Ya los buscamos y ya son tres días. Nadie sobrevive tanto tiempo sin agua ni comida. Lo único que puedo hacer es recomendarle un guía que lo ayude a buscarlos por tierra, pues por aire nos fue imposible. Se llama Lázaro. Es un indígena que conoce muy bien la selva. Es el único que puede ayudarle a encontrarla si esta viva o a recuperar su cuerpo, que es lo más seguro. Resígnese pero si quiere recuperar los cuerpos vaya a buscarlo a la cantina y dígale que yo lo mandé, que va de parte mía, pues de otra manera no querrá ayudarlo.

David así lo hizo y fue a la cantina. Ahí habló con Lázaro y después de explicarle lo que necesitaba de él y hablar acerca de los honorarios, que Lázaro aceptó gustoso, pues con tal de que aceptara David le ofreció una suma considerable, Lázaro estuvo de acuerdo y fueron a comprar provisiones para varios días, pues según Lázaro podían pasar varias semanas antes de encontrarlos aunque también le dijo lo mismo que el jefe de la policía o sea que ya estaban muertos. Aún así, David le explicó que, de ser posible, él quería recuperar el cuerpo de Melisa para transladarlo a Nueva York y darle cristiana sepultura donde él pudiera llevarle flores y recordarla. Aunque ella no tenía familia él se sentía con la responsabilidad de sepultarla debidamente. Eso dijo, pero en su corazón guardaba la esperanza de encontrarla viva, pues la amaba con desesperación.

Después de hacer los preparativos para salir, lo que les tomó tiempo, dijo Lázaro:

–Prepárese. Salimos al amanecer.

David suspiró aliviado esperando que todo fuera bien y la encontraran. Durmio sólo a ratos y al amanecer ya estaba listo para partir. Cuando llegó Lázaro se pusieron en camino.

Mientras tanto, allá en lo más recóndito de la selva Chiapaneca, en una humilde choza despertó Melisa. Había estado semiinconsciente por tres días, en los que recordaba vagamente a una anciana que la alimentaba con alimentos líquidos o agua. Melisa ni siquiera recordaba si aquello que le daba a beber tenía algún sabor. Ahora, finalmente estaba despierta y empezó a observar lo que la rodeaba: primero, la cama en la que estaba acostada no era blanda pero era cómoda, estaba hecha de varas entrelazadas entre sí por una especie de correa pero se veía claramente que eran sacadas de algún árbol y ella podía sentir en su espalda la suavidad de un suave tejido fresco y acariciante al tacto y más allá podía ver una especie de cocina de la cual el cuarto estaba separado por una gruesa cortina hecha de pedazos de bambú unidos por tiras de cuero y ahora estaba corrida hacia un lado, así que podía mirar una hornilla de tierra. Ella sólo había visto eso en algunos libros de la antigüedad que hablan acerca de las culturas antiguas. Ella nunca pensó que todavía existieran. En medio de ella se veía fuego y encima del fuego una pieza redonda de barro que ella no conocía pero en el otro extremo estaba una olla de barro humeante y que despedía un delicioso olor. Ante aquello su estomago se quejó con un vergonzoso ruido y que su saliva se hiciera agua pero en ese momento su contemplacion se interrumpió pues entró una viejecita y al verla despierta empezó a hablarle en un idioma que Melisa jamás había escuchado pero que se imaginó sería algún dialecto de la selva. La viejecita viendo que ella no entendía nada de lo que le decía salió de la choza y al poco rato regresó con un joven a su lado.

Melisa pensó que no era real sino producto de una fantasía o una visión producto del tiempo pasado en la selva, pues este joven era de una piel oscura como ella jamás había visto nunca. No era el típico negro. No. Él era cobrizo pero su piel brillaba saludable resaltando sus pómulos pronunciados, su boca sensual y su mentón firme. Guapo pero no en la forma convencional. Él tenía una belleza casi salvaje. Le hizo recordar la majestuosidad de las panteras, pues los músculos se le delineaban con cada movimiento que hacía. Tenía unos brazos que Melisa se imaginó en un momento de locura tenerlos alrededor de la cintura mientras sus labios carnosos la besaban y se estremeció de placer y se sonrojó vivamente cuando él se acercó a ella y vio que lo único que lo cubría era una especie de tela que cubría de la cintura para abajo y que dejaba al descubierto las musculosas piernas hasta la mitad y con una profunda y varonil voz le dijo:

—Espero que esté cómoda y que ya se sienta bien. Como puede ver, tuvimos que entablillar su pierna derecha, pues se la rompió al caer.

Hasta ese momento, Melisa reparó en que su pierna derecha estaba atrapada en medio de dos tablillas y cubierta de hierbas machacadas y también su cabeza estaba vendada. Se la tocó y gimió de dolor y el joven le dijo:

—No se toque. Tiene una herida profunda en la cabeza. Creemos que alguna rama se la provocó.

En ese momento, Melisa recordó lo que había pasado, cómo había corrido en medio de la selva. Así que desconcertada preguntó:

–¿Quienes son ustedes? ¿Acaso estaban buscándome?

–No –dijo el joven–. Nosotros estábamos de cacería cuando la vimos caminar por la selva. No nos acercamos pues no sabíamos si estaba sola pero cuando cayó en un hueco y nadie vino en su ayuda nos imaginamos que estaba sola, así que la rescatamos y la trajimos a nuestra aldea.

»El doctor la curó y ahora él está ocupado, pero dijo que vendría enseguida.

En ese momento melisa vio aparecer en la puerta a un anciano que se acercaba a ella. Se imaginó que estaría aproximándose a los setenta. Tenía el pelo completamente blanco, el rostro surcado por profundas arrugas pero tenía los ojos más dulces y compasivos que ella hubiera visto jamás. En ellos se reflejaba la bondad y una voz calmada que le dijo:

–¿Cómo está mi enfermita hoy?

–Si usted es doctor, ¿cómo es que estoy atendida de manera tan rudimentaria?

–Bueno –dijo el doctor hablándole en inglés–. Ésta es una aldea en la selva chiapaneca y no tenemos los adelantos de la ciencia así que hacemos lo que podemos con hierbas medicinales.

–Pero –dijo Melisa– no van al pueblo. –Ella estaba pensando "si no saben ir al pueblo cómo me llevarán de regreso". Pero sus temores cesaron cuando el doctor le contestó:

–Si, pero sólo algunas veces. Cada veinticuatro meses o tal vez más pero sólo a traer algunas cosas que yo necesito y sólo uno o dos jóvenes van conmigo, pues sólo ellos hablan el idioma castellano porque como ya te habrás dado cuenta los ancianos no han querido aprender. Sólo hablan dialecto maya, no sienten ningún interés por la ciudad. Sólo dos o tres han aprendido conmigo. Uno de ellos es él –dijo mirando al joven– y una joven que ahora es maestra de los menores para que también ellos aprendan pues yo sé que tarde o temprano tendrán que tener más tratos con la gente del pueblo y necesitan prepararse. Bueno, pero no nos hemos presentado. Mi nombre es Edward Smith y éste es Yumtzil, que quiere decir guardián, y es lo que ha sido para usted aparte de rescatarla. No ha dejado de venir seguido a ver cómo se encuentra. Y ella —dijo mirando a la viejecita— es nana y sólo habla en dialecto maya pero la ha cuidado con ternura todos estos días. Le aseguro que la ha cuidado como una madre.

Melisa se enterneció y tomando la mano de la anciana le dijo al doctor:

—Puede darle las gracias en mi nombre.

—Claro que sí —dijo el doctor y dirigiéndose a la viejecita le dio las gracias en su idioma y ella le sonrió a Melisa, mostrando una boca en donde no había un solo diente pero su cara irradiaba dulzura y bondad al sonreír.

—Y gracias a usted, doctor, y especialmente gracias a usted, Yumtzil, si no me hubiera rescatado ya estaría muerta en la selva.

Cuando él le sonrió ella pudo ver en su boca dos hileras de blanquísimos dientes y muy bien alineados. En ese momento entró a la choza una jovencita y dijo:

—Doctor, venga pronto.

Él, dirigiéndose a ella en inglés, dijo:

—Bueno, tengo que irme. Como ve aquí no es distinto que en la ciudad. También hay mucho trabajo así que la dejo en buenas manos. —Y salió de ahí seguido de cerca por la anciana y dejándola sola con Yumtzil y sin saber qué decir él se acercó a la olla de barro que humeaba y en un tazón también hecho de barro sirvió aquello que olía delicioso y se lo acercó poniendo en su mano una cuchara hecha del mismo material y le dijo:

–Come. Necesitas ganar fuerzas para recuperarte pronto y mientras comes dime qué hacías sola caminando por en medio de la selva y tan lejos de tu hogar. La selva no es lugar apropiado para alguien como tú.

Melisa, sin saber por qué, se sintió ofendida de saber que él pensaba que ella no pertenecía a aquel lugar y le dijo:

–La avioneta en la que viajaba rumbo al aeropuerto de San Cristóbal de las Casas se averió y caímos. Estuvimos caminando por tres días con poca agua y casi sin comida y después una serpiente mordió al piloto y murió. Yo seguí caminando pero la verdad no tenía ni la menor idea de hacia donde dirigirme, entonces sentí que alguien estaba vigilándome y que me seguían. Me asusté muchísimo y empecé a correr y después ya no supe más de mí.

–Melisa, tiene que perdonarnos. Fui yo y tres más que estábamos cazando cuando la vimos ahí y no sabíamos si habría alguien más, por eso no nos presentamos abiertamente así que la seguimos y sin querer la asustamos.

–Está bien –dijo Melisa–, de no haber sido por ustedes no se que habría sido de mí.

Melisa se termino el guisado que él le sirvió y le dijo:

–Gracias, estaba delicioso. ¿Podrías darme agua?

–Sí, claro –dijo él dirigiéndose al otro extremo de la choza. Ahí había una olla grande hecha de barro y un raro cucharón que él llenó de agua y lo vertió en una vasija llevándoselo a Melisa. Ella bebió y le pareció el agua más fresca y deliciosa que había tomado jamás. Tenía un sabor que no conocía y después de beber le dijo:

—Yumtzil, es el agua más sabrosa que he tomado en mi vida. ¿A qué se debe?

—Tal vez sea el barro de la olla lo que le da el sabor que tú dices. Nosotros estamos acostumbrados pues conocemos ese sabor. Casi todos los trastos que usamos son hechos de barro.

—¿Y esto de qué está hecho? —dijo mostrándole la vasija en que había bebido el agua.

—Esto está hecho del fruto de una planta. Cuando los frutos maduran y se secan se abren y se sacan las semillas que tienen adentro, se lavan y se les da la forma dependiendo para qué se va a usar. Mira el cucharón con que te serví el agua: es un fruto de los que te digo, sólo partido por la mitad de manera que quedara largo y la vasija la abrimos por la mitad de manera que quedara ahuecada y así ya sirven para el uso doméstico.

Melisa se quedó asombrada de la sabiduría de las personas y él le dijo:

—No te asombres. Mira la cama en la que estás acostada. Fue construida de unas plantas huecas entrelazadas que hacen que sea cómoda y fresca.

—Así es —dijo Melisa—. Es muy cómoda. Pero dime, ¿la tela de qué está hecha?

—De lana —dijo él—. Las mujeres la tejen con paciencia. Desde muy temprana edad aprenden a tejer, bordar, cocinar, también aprenden a hacer los utensilios de barro, a hacer tortillas usando el metate. Mira ese que está ahí.

Melisa, que nunca había visto uno, se quedó mirando y preguntó:

¿De qué está hecho? ¿Y cómo se usa?

—Está hecho de piedra —dijo él— y se usa para hacer la masa para las tortillas. Mira: el maíz se pone a cocer y cuando ya está cocido se lava y se coloca en el metate poco a poco y con eso que está encima que le llamamos hijo del metate se presiona hasta que sale convertido en masa y luego las mujeres la toman y con sus manos hacen las tortillas y las cuecen en el comal ese que está ahí. Abajo se le pone fuego y cuando la superficie está caliente se ponen las tortillas a cocer.

Melisa se quedó pensando un rato y luego dijo:

—Creo que es mucho trabajo para la mujer.

—No –dijo él–, así ha sido siempre, aparte las mujeres tienen que cuidar a los hijos lavar la ropa en el río, limpiar la casa y ayudar a los hombres a cultivar la tierra.

—¿Y los hombres qué hacen? –preguntó Melisa.

Yumtzil se quedó mirándola como ofendido y le dijo:

—Los hombres cultivan la tierra, vamos de pesca y de cacería para proveer carne para toda la aldea y para nuestras familias. Tú sabes, para la mujer e hijos o para los padres y hermanas.

—¿Y tú? –dijo Melisa– ¿para quién trabajas?

—Ahorita para mis padres y hermanas pero algún día para mi esposa e hijos.

Melisa no supo de pronto por qué pero se sintió muy feliz de saber que era soltero, así que le preguntó:

—¿Vas a casarte?

—No sé. Mi padre que es el jefe de la aldea me comprometió en matrimonio desde que nací pero yo creo que no debe ser así. Yo ya le dije a mi padre que yo quiero elegir a la mujer que será mi esposa pero mi padre me advirtió que no puedo hacerle eso a mi prometida, pues ella sí está de acuerdo en aceptar ese compromiso.

Ella se sintió un poco decepcionada pero se reconvino a sí misma diciéndose que estaba loca. Este lugar verdaderamente la estaba afectando y él le preguntó:

—¿Cómo es en tu país?

–En mi país cada quien elige a su pareja.

–¿Y siempre son felices con la pareja que eligieron?

–No –dijo ella–. Esa es la parte triste, que no siempre son felices con la decisión que tomaron pero cuando eso sucede entonces se divorcian.

–¿Qué es eso de divorcio?

–Mira, cuando una pareja no es feliz van ante un juez y él pregunta los motivos de la infelicidad y si aplican entonces la pareja se separa y les dan un documento donde consta que ya no están casados y cada uno es libre de buscar una nueva pareja.

–Qué triste –dijo él–. Para nosotros el matrimonio es para siempre. Aun después de la muerte de uno de ellos el otro debe esperar sin casarse para cuando muera estar de nuevo unidos en el cielo y volver a ser felices.

Melisa se sintió conmovida ante aquello pues jamás lo había pensado de esa forma pero reflexionando le pareció muy hermoso y poético "estar unidos mas allá de la eternidad". Ése era un pensamiento digno de un poeta de los que ella admiraba tanto.

Un bostezo la traicionó y Yumtzil dijo:

–Perdóname, el doctor dijo que no te cansara así que me voy para que puedas dormir. Vendré más tarde a verte, claro, si quieres y si no estás demasiado cansada.

–Claro que puedes venir más tarde. Me encanta platicar contigo.

Yumtzil salió y Melisa lo vio partir sintiendo una calidez en el corazón y con una sonrisa en los labios se quedó dormida.

Horas más tarde despertó asustada pues mientras dormía se vio claramente en los brazos de Yumtzil, sintió sus labios en los suyos en un beso apasionado y con sus manos alborotaba su negro cabello y ahora al despertar se sintió avergonzada de tales pensamientos porque asombrada se dio cuenta que no sólo dormida lo deseaba: al despertar seguía deseando lo mismo sin recordar a David que desesperado llevaba varios días en la selva caminando y soportando los piquetes de los mosquitos que abundaban en esa época, según le explico Lázaro, pero no cesaba en su búsqueda tratando de ganar tiempo y encontrarla viva. No se había quejado ni una sola vez y eso que Lázaro acostumbrado a caminar por la selva lo forzaba al máximo, sin imaginar que David jamás había caminado tanto en su vida.

Esa noche por fin encontraron la avioneta y al no encontrar los cuerpos de ninguno de ellos las esperanzas de David renacieron nuevamente y su ilusión de encontrarla con vida cobró un nuevo significado.

El guía se dedicó a buscar rastros mientras David descansaba un poco y lo llamó diciendo:

—Venga, por aquí se fueron y creo que los dos están bien.

Y continuaron caminando.

Mientras tanto, en la aldea amanecía y con el amanecer la vida se reanudaba. Melisa podía oír el ruido de las mujeres en sus quehaceres domésticos y las risas de los infantes jugando y corriendo. También escuchaba voces de hombres y trató de ver si en ellas reconocía la voz de Yumtzil pues quería verlo de nuevo y su deseo se cumplió, pues de manera tímida él asomó la cara en la puerta de la choza pues como él le había explicado ahí ninguna puerta se cerraba y tímidamente se acercó a la cama y le dijo:

—Tengo que ir la campo a trabajar pero vendré más tarde a verla por si tiene preguntas. Al rato vendrá nana a hacerle la comida. No se preocupe, sólo coma porque tiene que estar fuerte pues la fiesta de la primer cosecha es en dos días y me gustaría que estuviera conmigo afuera en la fiesta –y diciéndole adiós se fue dejándola intrigada por lo que le había dicho.

Al poco rato llegó la anciana y después de encender el fuego estuvo cocinando. Melisa no pudo ver qué cocinaba pero al pasar media hora le llevó a la cama un humeante plato de comida que aunque ella no sabía de qué estaba hecho lo devoró totalmente y estaba tan delicioso que Melisa ni siquiera pensó en preguntar qué era. Por lo demás habría sido inútil pues la viejecita no le entendería así que se limitó a comer y después le ofreció un fruto partido en pedazos. Era de un color rosa encendido y tenía diminutas semillas. Al comerlo su sabor era agridulce y guardó un pedazo para preguntarle a Yumtzil el nombre de la fruta cuando viniera a verla. Pero en lugar de él llegó el doctor a verla y al revisarla le dijo:

–En un par de días podrá caminar un poco con la ayuda de un bastón.

Entonces Melisa le dijo:

–Qué bueno y dígame, doctor, ¿qué es esta fruta que me trajo nana?

–Oh, se llama pitahaya. Es muy sabrosa.

–Sí –dijo ella–, me gustó mucho.

–Y dígame, Melisa –preguntó el doctor–, ¿qué hacía usted tan lejos de su país?

–Bueno, soy investigadora científica y he estado investigando la causa de tantas muertes que se generaron en este estado debido a una bacteria y he trabajado mucho pero al fin hemos ganado la batalla. Ahora lo que más deseo es encontrar una vacuna para esa enfermedad.

–Mire, Melisa, la causa de las tantas enfermedades en la llamada civilización es una consecuencia lógica del olvido de las tradiciones pues en las aldeas más alejadas como ésta los conocimientos se han transmitido de generación en generación para preservar la vida y permitir la reproducción y florecimiento de la misma cultura.

»Frecuentemente se piensa que la medicina tradicional abarca sólo el manejo de medicamentos naturales o más específicamente la curación herbolaria pero la medicina tradicional es más que eso.

»Es una concepción holística que ubica a las personas en su relación con los demás. Es una compenetración con la naturaleza y con el universo mismo es una interacción con el cosmos y con la parte interior de las personas y su entorno. Por eso aquí la enfermedad no es vista como tal sino como un desequilibrio, una falta de armonía del cuerpo y de la mente y una consecuencia lógica de una infracción a las leyes del universo y como sabemos la trasgresión tiene sus consecuencias y para estas sabias personas la consecuencia lógica es la enfermedad y la muerte.

»Por ejemplo, ellos dicen que si no te estás alimentando bien estás faltándole el respeto a tu cuerpo y la consecuencia lógica es la desnutrición.

»A mí me aceptaron no por ser médico. Eso era lo que menos les interesaba. Me aceptaron porque era un ser enfermo y sin ganas de vivir y ellos me regresaron los deseos de seguir adelante.

—A ver, doctor, dígame cómo está eso de que usted no tenía deseos de vivir —dijo Melisa.

—Así es, jovencita, mire, hace mucho tiempo al igual que usted yo era un afamado médico especialista en ginecología, casado y a punto de ser padre. Una noche dieron una fiesta en mi honor y bebí unas copas. No estaba acostumbrado a beber, así que mi esposa me pidió que la dejara manejar pues dijo que yo no estaba en condiciones de conducir el auto. Yo accedí y cuando estábamos en la carretera un conductor ebrio quiso rebasar con muy poco espacio y nos impactó de frente, nos sacó de la carretera. Yo me salvé pero mi esposa y mi hijito por nacer murieron. Yo estaba muy deprimido, sin deseos de vivir y decidí viajar y mi elección para viajar fue este país. Siempre había deseado conocer México, sobre todo Chiapas y al viajar a pie con un guía por esta selva me extravié y fue entonces cuando conocí al jefe de esta aldea, el padre de Yumtzil. Ellos sólo hablaban su dialecto pero aun así me rescataron y me aceptaron y poco a poco fui aprendiendo su dialecto y los más jóvenes empezaron a aprender castellano. A los de más edad no les importa aprender pues jamás salen de aquí y decidí quedarme a vivir aquí para siempre. Sólo después de un tiempo me comuniqué con mi país para decirles que no pensaba regresar y dar órdenes acerca de que hacer con mi dinero pues realmente aquí no lo necesitaba. Tenía todo lo que hacía falta para vivir y después de todo la profesión se puede ejercer en cualquier parte, aquí también hay vidas que traer al mundo y vidas que salvar como en todas partes.

—De verdad lo admiro, doctor.

—No, no tiene por qué. Ellos son dignos de admiración. No necesitan nada, sólo van al pueblo cuando yo necesito ir a comprar algún material y porque yo les pido a alguno que vaya conmigo pues no me atrevo a ir solo.

Al llegar a ese punto de la conversación la voz del doctor ya había recobrado su tono normal pues al estarle hablando de su esposa e hijo la voz se le quebraba en la garganta y Melisa lo comprendió pues debía ser muy difícil tenerlo todo y perderlo pero volvió a ponerle atención pues en ese momento le decía:

Mira, aquí las mujeres fabrican sus utensilios de cocina con barro y con frutos secos y hacen las telas para vestirse con lana o con las pieles de los animales que cazan. Los adornos los fabrican con piedras que encuentran por ahí o con plumas. Aquí abundan los pavos reales que tienen un maravilloso y colorido plumaje. De los alimentos como la carne se encargan los hombres. Ellos tienen una sociedad bien fundamentada, saben cada uno cuál es su lugar y lo respetan y cada uno sabe qué debe hacer para sobrevivir todos como lo que son un clan bien unido.

»Bueno, hija, me voy a mi casa pues siempre hay alguien que me necesita.

El doctor salió y Melisa se quedó pensativa y durmió un poco. Cuando despertó Yumtzil estaba mirándola y Melisa le dijo:

–¿Cuánto tiempo llevas aquí?

Él le contestó:

–Sólo unos minutos. Te veías tan hermosa durmiendo que no quería despertarte.

Melisa se sonrojó. La confianza entre ellos se había dado de manera tan natural que sin darse cuenta se hablaban como viejos conocidos, así que le dijo:

–No vayas a ofenderte pero quiero que me hables de tu gente y de tu aldea, de tu cultura y de tus antepasados.

–Claro. Mira, no tengo porque ofenderme, al contrario, me siento muy orgulloso de mis antepasados y de mis orígenes, mi cultura y toda mi dinastía.

»Somos de la tribu lacandona y creo que somos los únicos que sobrevivimos de forma libre sin ataduras y sin mixturas entre los conquistadores.

»Mira, te voy a contar hace mucho tiempo mis ancestros vivían en lo que ahora es San Cristóbal de las Casas pero con la llegada de los conquistadores blancos todo cambió. Cuando mis antepasados vieron que la conquista del hombre blanco era inevitable, la tribu se dividió en dos bandos. Uno quería quedarse a pelear pero la otra mitad decidió adentrarse en lo más profundo de la selva para preservar sus vidas, su familia y su libertad y cuando los que se quedaron a pelear vieron que perdían terreno y se vieron acosados para evitar la esclavitud, decidieron arrojarse al Sumidero, una gran barranca que era tan profunda que sólo se veía como un gran hoyo negro, en un gran holocausto masivo mientras mis antepasados llegaban aquí no sin haber perdido por el camino debido a las fieras, a los pantanos y al calor a casi la mitad de los que salieron. Pero llegaron aquí y empezaron una nueva vida y aunque eran pocos ahora somos muchos más y a pesar que algunos se separaron por desavenencias con los jefes aun así somos muchos y la selva es nuestro hogar. El río Usumacinta nos provee de agua limpia para beber y peces para vivir así que llevamos aquí mucho siglos y seguimos siendo libres y ahora dime acerca de ti, de tu vida antes de encontrarte en la selva.

—Yo nací en Nueva York. Fui el fruto de los amores entre una pareja joven e inexperta y me entregaron a una casa de adopción. No sé qué pasó pero aunque me visitaron muchas parejas y todas mis amigas fueron adoptadas yo me fui quedando ahí y nunca nadie quiso adoptarme. Eso marcó mi vida porque siempre pensé que había algo malo conmigo pero afortunadamente la encargada del orfanato era una magnífica mujer que supo levantar mi autoestima cada vez que me visitaban y se iban sin adoptarme. Gracias a ella me eduqué para salir adelante por mí misma, pues al llegar a la mayoría de edad tuve que irme de ahí. Seguí estudiando sola y me convertí en una experta en biología y me dedico a buscar la vacuna para algunas enfermedades y por eso vine aquí a encontrar la causa de tanta muerte en este estado pero por lo que se ve aquí no tienen ese problema.

—No, aquí todos somos muy sanos. Los únicos problemas de salud que el doctor atiende son a las mujeres cuando van a tener un hijo o personas heridas por caídas.

Melisa se quedó pensando y le dijo:

—Tal vez sea la calidad de vida que llevan. A menos contacto con la gente, menos contagio de enfermedades.

Melisa vio que Yumtzil dudaba acerca de algo y le dijo:

—Creo que hay algo que quieres saber y no te animas a preguntar. —Él lo dudó un poco y luego dijo:

—¿Qué es una casa de adopción?

—Es un lugar donde las madres que no pueden o no quieren cuidar a sus hijos los llevan para que otras personas que no pueden tener hijos vayan a adoptarlos. En ocasiones, por ser muy jóvenes los padres, como fue el caso de mis padres, en otras ocasiones es porque son madres solteras o por que la ley crea que no es apta para la crianza del bebe y así las parejas que, por problemas de salud no pueden tener hijos, pueden adoptarlos y darles un hogar estable.

—No comprendo una situación así. Aquí cuando una joven se embaraza el hombre la lleva a vivir con él y su familia y cuando una pareja muere y quedan hijos menores de edad los cuidamos entre todos hasta que forman su propia familia. Cuando vamos a cazar la carne de los animales se distribuye entre todos al igual que los frutos que recogemos en la selva y todo lo que plantamos y cuando vamos a pescar se distribuyen por igual.

Melisa suspiró y dijo:

–Qué bonita forma de vivir y compartir, desgraciadamente en la ciudad no es así. Allá cada quien se preocupa de sus propios asuntos, estamos siempre tan apurados que a veces pasan meses en que ni siquiera podemos vernos entre amigos y de los vecinos ni se diga. Mi vecina ni siquiera se enteraría si yo muriera ahí dentro de mi casa y creo que aunque se enterara no le importaría pues no me conoce. Sólo nos vemos algunas veces afuera de la casa antes de subir al auto o al bajar de él pero así es la vida en las grandes ciudades.

–Sí, sé que es así –dijo Yumtzil–, pues las pocas veces que he ido al pueblo con el doctor nadie me ha preguntado nunca nada. Sólo me miran con desconfianza y ya el doctor hace sus compras y regresamos aquí. Cuando regreso me siento feliz de nuevo, en mi selva y con mi gente. Al principio mi padre se opuso a que yo fuera con el doctor pues soy su único hijo varón y el próximo jefe de la aldea pero el doctor le explicó que por eso precisamente yo debía conocer la ciudad para que tuviera un conocimiento más amplio y pudiera gobernar mejor. Mi padre temía que pudiera gustarme la ciudad y que quisiera quedarme allá pero puede estar tranquilo: la ciudad no me agrada y ahora él lo sabe y ya no dice nada cuando el doctor quiere que vaya con él.

»Pero mira, el tiempo se fue rápido, ya oscureció así que me voy para que puedas dormir. ¿Quieres que prenda una vela?

–Sí, por favor –dijo ella–, el doctor me trajo papel y pluma y quiero escribir un poco.

Melisa trataba de escribir pero la verdad era que no podía quitarse de la mente la imagen de Yumtzil, su valiente guardián, que al haberla rescatado de una muerte segura en la selva se había convertido en su héroe, un apuesto hombre que hacía hervir su sangre cuando estaba junto a ella y que al solo toque de su mano la hacía estremecer como una adolescente. Con esfuerzo se movió hacia la diminuta ventana y pudo ver el más hermoso espectáculo que jamás había visto. Apagó la vela para contemplarlo mejor: el cielo parecía un enorme manto de negrísimo terciopelo tapizado de hermosas estrellas de formas tan inimaginables que ella ni siquiera sabía que existían. Sólo había oído mencionar algunas de ellas pero le parecía que eran algo mitológico pues en su agitada lucha por salir adelante se había olvidado de observar las maravillas del cielo y ahora en la más completa oscuridad tanto que al tener su mano frente a ella no era capaz de mirarla por eso el cielo se veía así y ahí estaba ella una neoyorkina, siempre perdida entre las luces donde era imposible siquiera poder aprecia el brillo de una estrella, ahora allá a lo lejos podía ver la Osa Mayor y la Osa Menor, el Cinturón de Orión y también podía ver a Andrómeda. Se quedó tan extasiada en su contemplación que no sintió pasar el tiempo y sintió deseos de dormir sin dejar de contemplar el cielo, se acomodo en la cama y durmió profundamente hasta el amanecer del día siguiente.

Paso el día aburrida, pues el doctor no tuvo tiempo de visitarla y tampoco Yumtzil había ido a verla. Ya muy tarde, casi oscurecía cuando llegó el doctor y le dijo:

–Qué bien. Estarás lista para la fiesta pero tendrás que usar este bastón para evitar que te apoyes en la pierna y podrás salir un rato, claro, cuando regrese Yumtzil para que te ayude, pero no podrá ser hoy porque él y los demás jóvenes cazadores están preparándose para la ceremonia y pasarán la noche en la selva para atrapar unas buenas presas, y ahora te dejo, tengo muchas cosas por hacer. Por eso no pude venir en todo el día pero vendré a verte antes de la fiesta.

Melisa, muy triste porque no pudo ver a Yumtzil en todo el día, se acomodó para dormir y sus pensamientos la traicionaron durante la noche y cuando despertó al amanecer tomó la pluma y el cuaderno y escribió el siguiente poema:

Desde que te conocí no he podido olvidarte.
Pues sin conocerme la vida me salvaste.
Desde ese día el corazón me robaste.
Espero que algún día tu puedas amarme.
Y que me digas que de mi te enamoraste.
Y amándote como te amo yo quiero expresarte
La gran ilusión de mi vida que es mi corazón entregarte.

Melisa se asombró que al escribir estas líneas no estuviera pensando en David, si no que su mente estaba puesta en Yumtzil y pensando que ya quería verlo a pesar de que sólo hacía unas horas que no lo veía.

Y a través de todo el día estuvo pensando en Yumtzil sin pensar en David que posiblemente ya la daba por muerta y estaría sufriendo pues ella estaba segura de que él la amaba. Lo que no sabía Melisa es que David no perdía las esperanzas de encontrarla y ya llevaba varios días en la selva buscándola. Por fin, dos días después de encontrar los restos de la avioneta se encontraban cansados y las provisiones ya muy escasas tanto que el guía había pensado que tendrían que empezar a racionarlas para que alcanzaran para el regreso, cuando llegaron a un claro de la selva y el guía decidió descansar un poco pues veía cómo las fuerzas de David iban terminándose poco a poco. Se le veía el cansancio en la cara y en el cuerpo del joven erguido, apuesto y orgulloso que llegó a buscarlo. Ya sólo quedaba un hombre cansado que caminaba con la cabeza baja, tal vez debido al cansancio o tal vez al desaliento por no encontrar a su amada. Se le veía enfermo y con temperatura y aunque le había dado a beber un té de equinacia que era muy bueno para bajar la temperatura aun así lo veía mal pero no quería regresar a pesar de que varias veces él le había dicho que era inútil, que nadie puede sobrevivir en la selva sin agua y sin provisiones y le había insistido suavemente en que lo mejor era abandonar la búsqueda y regresar pero ahora, de manera firme, Lázaro le dijo:

—Si para esta tarde no encontramos nada tenemos que regresar al pueblo. Si no lo hacemos así tendremos problemas pues las provisiones escasamente alcanzarán para regresar y eso racionándolas.

—Esta bien —dijo David resignado, poniéndose de pie dispuesto a continuar la caminata y abarcar un poco más de terreno antes del atardecer.

Habían recorrido apenas unos dos kilómetros cuando encontraron el cuerpo destrozado del piloto pues las fieras habían movido las ramas y se habían disputado el cuerpo. Difícilmente fue reconocido por Lázaro que lo conocía bien y dijo:

—Es Leonardo, el piloto de la avioneta. Fue destrozado por los animales hambrientos.

Entre los dos cavaron una tumba y sepultaron lo poco que quedaba de él. Después de hacerlo, Lázaro dijo:

—Es inútil continuar. Leonardo ya lleva varios días muerto y mire si ella junto a Leonardo tenía una remota posibilidad de sobrevivir, sola no creo que haya vivido más de un día, así que es mejor que regresemos. Asimílelo. Ella está muerta y no podremos recuperar su cuerpo porque los animales lo pudieron arrastrar muy lejos, tal vez hasta la madriguera y si seguimos, nosotros también moriremos.

—Está bien —dijo David con resignación en la voz—. Regresemos al pueblo.

Durmieron ahí esa noche y al siguiente día emprendieron el regreso.

Mientras tanto, esa noche Melisa, ataviada con un hermoso vestido que Yumtzil le había llevado, iba orgullosa apoyada en su brazo y con un bastón en su otra mano y llegaron hasta un estrado donde estaba el jefe de la aldea, su esposa y sus hijas que se quedaron mirando con admiración a Melisa que estaba radiante de felicidad y eso la hacía verse más hermosa. Ahí la acomodó para que estuviera cómoda con su pie enfermo colocado con cuidado en un cojín que él llevaba bajo el brazo. Ante tantas atenciones que Yumtzil tenía para ella era difícil que las jóvenes de la aldea no la miraran con desdén y tal vez con un poco de celos. Fue lo que pudo advertir ella al mirarlas.

Pero eso a ella no le preocupaba. Estaba lista para que empezaran las festividades y no pensaba perderse ningún detalle, pues tal vez sería la única ocasión que tendría de verlas.

Yumtzil la dejo ahí con su familia y ellos le sonrieron amigablemente y Melisa se sintió reconfortada ante esa muestra de amistad y se sintió feliz de saberse aceptada pero buscó con la mirada a Yumtzil y lo vio allá en el centro, supervisando los animales que atravesados en una larga rama estaban asándose sobre las fogatas. También veía a unos hombres que con unos palillos tocaban un instrumento creado con dos tablitas y una especie de tela hecha de cuero posiblemente de venado o algún otro animal. Era algo rudimentario para alguien como ella que venía del gran país con sus grandes bandas y su música clásica como Beethoven, Tchaikovky, Mozart y Chopin, que eran sus favoritos, pero aun así la música que creaban era hermosa e invitaba a bailar. Lástima que ella aunque quisiera hacerlo no podía y vio que varias parejas llegaban al centro de las fogatas y empezaban a bailar al cadencioso ritmo de la música.

En ese momento su mirada recayó en que una joven se acercaba a Yumtzil, lo tomaba de la mano e intentaba llevarlo al centro con los demás jóvenes y el demonio de los celos empezó a quemarla por dentro. Pero aliviada vio que él movía la cabeza diciéndole que no y cómo ella decepcionada se alejaba de él y se dirigía a donde estaba ella. Al pasar saludo con respeto a la familia de Yumtzil y después dirigiéndose a ella le dijo:

—Hola, Melisa, espero que ya te sientas mejor.

—Sí, estoy mejor —contestó Melisa y la joven, mirándola con enojo le dijo:

—Yo me llamo Xochitl, que significa flor, y soy la novia de Yumtzil. Pronto nos casaremos así que me alegra que ya estés mejor así el ya no se sentirá responsable de ti y te agradecería que en cuanto puedas caminar bien te marches de este lugar. Aquí no hay lugar para ti.

Melisa al oírla se quedó asombrada. No estaba acostumbrada a recibir órdenes sino a dar órdenes así que aquello le pareció una orden y no le agradó así que le dijo con toda la dignidad y el orgullo que le permitía su precaria situación ya que Xochitl estaba erguida en toda su estatura y aunque no era muy alta si se veía porque ella no podía ponerse de pie por si sola:

—Me gusta mucho este lugar y cuando pueda caminar voy a quedarme varios días para conocerlo mejor. Le pediré a Yumtzil que me lleve a pasear todos los días pero primero le preguntaré si él quiere que me vaya. Lo complaceré. Y aunque él no tiene ninguna obligación conmigo yo si estoy muy agradecida con él porque salvó mi vida.

Xochitl se retiró de ahí sin poder ocultar que iba muy molesta y Melisa se quedó pensando en lo que le había dicho a la joven y se dio cuenta de que era una mentira. Ella no sólo estaba agradecida sino que se había enamorado de él y estaba comprometido y eso era inadmisible, aparte de que ella también tenía un compromiso con David a quien ahora se daba cuenta de que jamás lo había amado y dijo para sí misma "en cuanto regrese a Nueva York terminaré con él. No puedo seguir sólo por no lastimarlo, pues a la larga lo lastimaría más continuando esta farsa".

Después de esas reflexiones, ya más tranquila con su conciencia, no pudo despegar los ojos de él y sólo se sintió feliz cuando él regresó a su lado llevando platos de comida para todos. Comieron todos juntos y se quedó a su lado durante toda la velada viendo bailar a los jóvenes y Melisa nada le dijo de su charla con Xochitl. Casi al amanecer le dijo:

—Yumtzil, estoy cansada, quiero ir a dormir. —Y él le dijo:

—Vamos, te ayudaré a regresar. —Y tomando el bastón se lo entregó tomándola de la otra mano. Se despidió de su familia y regresaron muy juntos a la choza.

Al llegar a la casa la ayudó a llegar a la cama, la recosto y se quedó mirándola con inmensa ternura en la mirada y sus labios se unieron en un beso apasionado que Melisa hubiera querido prolongar por tiempo indefinido, pero él se separó de ella y le dijo:

—Melisa, no quiero lastimarte.

Melisa, sin contestar, lo atrajo hacia ella nuevamente y lo besó con la desesperación de quien sabe que tiene muy poco tiempo disponible. Entonces él suavemente la fue despojando del vestido y empezó a besarla. Melisa se sentía la mujer más dichosa del mundo en ese momento, pero Yumtzil se tomaba

mucho tiempo besándola y acariciándola con ternura y delicadeza, ella se sentía morir de deseo por el pero no quería parecer
demasiado ansiosa así que siguieron con las caricias y cuando
Melisa creía que no podría soportar más al fin Yumtzil la hizo
suya con mucho amor y sus cuerpos se unieron en uno solo y
se sintió transportada a un lugar desconocido para ella y al
terminar el hermoso acto de amor se recostaron muy juntos y
se quedaron dormidos. Pero al despertar al día siguiente Melisa
extendió su mano y sólo encontró el lugar vacío. Era como si
lo hubiera imaginado pero el cansancio de su cuerpo le gritaba
que había sido real, que de verdad se habían amado y se sintió
decepcionada de que él la hubiera dejado sola después de
hacerle el amor. Se había entregado a él por completo pero tal
vez para él eso no había sido importante, tal vez esto fuera
normal para él pero para ella era algo de mucha importancia.
Pensó: "Pobre tonta. Estuve a punto de confesarle que lo amo,
sí, lo amo, es inútil que me lo niegue a mí misma pero eso no
cambia nada. Tendré que tomar las cosas con calma. Él se va a
casar y yo tendré que irme pronto. No soportaría quedarme y
verlo casarse con Xochitl aunque sea por ordenes de su padre.
Aun así no cambia nada".

Estiro la mano y tomó su cuaderno y la pluma y empezó a
escribir.

Eres un río que refresca mi calor.
Eres el alimento que me ofrece la vida.
Eres la flor que alegra la mirada.
Eres el perfume que deleita mis sentidos.
Eres el amor que entro a mi corazón.
Con la fuerza arrasadora de una nueva ilusión.
Y al calor de tu mirada se borró todo mi dolor.

Y nuestros cuerpos se unieron con ternura amor y pasión.
Y desde entonces todo cambió.
Pues con renovada ilusión.
A ti te entregue alma, vida y corazón.

En ese momento regresó Yumtzil y Melisa rápidamente escondió lo que había escrito, pues no quería que lo viera porque no quiso en ese momento que él se diera cuenta de sus sentimientos hacia él y esperó a que él le explicara por qué la había dejado sola después de haberse entregado a él y él le dijo:

—Perdóname si te deje sola pero tenía que irme. No era conveniente que me vieran salir de aquí porque sabrían que pase la noche contigo.

—¿Por Xotchitl? ¿No quieres lastimarla u ofenderla porque va a ser tu esposa?

—No, preciosa, si a la que quiero es a ti. Lo que sucede es que hoy hablaré con mi padre para decirle que no me casaré con ella porque te amo a ti y mi más grande deseo es casarme contigo y formar una familia si tú me amas y quieres ser mi esposa.

Melisa sintió una calidez extrema en el corazón al escuchar sus palabras porque era lo que anhelaba oír. Saber que él la amaba era para ella lo máximo, lo más maravilloso que le había pasado tanto que no quería pensar en lo que pasaría cuando sanara por completo de la pierna. Se sentía flotar entre nubes y no quería perder ese momento pensando en todas las diferencias que los separaban.

Yumtzil se alejo después de darle un beso y Melisa se quedó de nuevo sola hasta que llegó el doctor y le dijo:

—Vamos a ver esa pierna. —Y quitandole las tablillas sonrió de satisfacción al ver que ya estaba mejor— Voy a retirar esto pero cuando camines procura no apoyar tu peso en la pierna. Utiliza el bastón.

—Gracias, doctor, me da mucho gusto que ya podré caminar para conocer un poco de esta hermosa tierra. ¿Qué me puede contar de Xochitl? ¿Usted cree que de verdad quiere a Yumtzil o sólo quiere casarse con él porque así se lo ordenaron sus padres?

—Melisa, creo que te has enamorado de él y eso no es bueno para ti y tampoco para él. Pertenecen a mundos distintos.

»Xochitl es una buena muchacha y creo que lo ama. Es la maestra de los que quieren aprender castellano, tanto los jóvenes como los menores. Ella aprendió conmigo y ahora le gusta compartir ese conocimiento. También algunas veces me sirve de enfermera cuando la necesito y sus padres la comprometieron en matrimonio con él desde que nació así que es un compromiso de toda la vida.

—Pero eso no es justo. ¿Cómo pueden hacer eso? —dijo ella.

—Así lo han hecho toda la vida y les ha dado resultado y nosotros no somos nadie para juzgar una práctica tan antigua.

—Pero ahora esa práctica me está afectando a mí —contestó ella.

—Piénsalo, Melisa, Yumtzil y tú son muy diferentes el uno del otro. Tú eres una mujer educada con una carrera, eres independiente, no creo que por él vayas a dejar tu carrera, tu trabajo, tus amigos y tu ciudad para enterrarte en esta aldea perdida en la selva. Tendrías que cambiar todo lo que conoces y tendrías que aprender todas las costumbres de ellos. Mira, fíjate en las diferentes formas de vivir. Por ejemplo, aquí las mujeres muelen el maíz en el metate y hacen las tortillas a mano, lavan la ropa en el río, ayudan a sus hombres a cultivar la tierra y cuando tienen a sus hijos se les duplica el trabajo. Creo que no has pensado en todo eso. Yo sé que todo es muy romántico cuando te enamoras pero al cabo del tiempo las diferencias terminan separando a la pareja. Piénsalo, hija, no lo enfrentes a sus padres porque tal vez no puedas llevar a buen termino este romance con él y ahora me voy. Puedes salir esta tarde a tomar aire fresco, pero con cuidado.

El doctor no dijo más y se fue. Melisa se quedó pensando en todo lo que le dijo mas no pudo pensar mucho porque llego Yumtzil. Se acercó a ella y le dijo:

—La tarde está preciosa. Vamos a dar un paseo. —y Melisa se emocionó de salir tomada de su brazo que de inmediato olvido todas las advertencias que le había dado el doctor y le dijo:

—Quiero ir hasta aquella piedra para sentarme y contemplar la puesta del sol a tu lado.

Despacio y apoyada en el bastón y en el brazo del hombre que amaba caminó varios metros y cuando llegó se sentó agotada pero feliz. Yumtzil se alejó unos pasos y cuando regresó llevaba en las manos un ramo de flores que a ella le parecieron bellísimas. Tenían un color tan rojo que se asemejaba al color de la sangre. Ella sabía que eran orquídeas pero jamás las había visto de ese tono y él le dijo:

—Son muy raras. Sólo se dan de vez en cuando pero me alegro de que ahora las haya encontrado para poder dártelas a ti. Es como si te estuviera ofreciendo toda la sangre de mis venas que gustoso daría por ti, ya que mi corazón late sólo porque tú existes, Melisa mía. Por tu amor soy capaz de todo. Ya hablé con mis padres y, por supuesto, como era de esperarse, no aceptan que rompa el compromiso pero sé que los podré convencer. Les dije cuánto te amo y que soy adulto y en último caso renuncio a la jefatura de la aldea y me marcho contigo a la ciudad y mi padre dijo que habláramos más adelante de eso, así que dejaré pasar unos días e insistiré de nuevo. Mi amor, sé que será difícil para los dos, pero si me amas como yo a ti todo puede ser posible.

Melisa sin dudarlo le contestó:

—Claro que podremos. Yo te amo y nada nos separará. Te amo tanto que casi no puedo creerlo.

—Bien, en ese caso seguiremos adelante. En unos días le diré otra vez que quiero casarme contigo y lo tendrá que aceptar.

Y abrazados se quedaron contemplando el ocaso que a Melisa le pareció bellísimo con sus hermosas tonalidades que iban de un rojo intenso a un naranja brillante, con tonalidades amarillas mientras se ocultaba para dar paso a la noche que cobijaría la complicidad de su amor.

Cuando el último tono de color se perdió en el horizonte el la atrajo así sí y la besó con pasión y así estuvieron largo tiempo abrazados hasta que oscureció y él la llevó en brazos hasta la choza que ocupaba.

Melisa se sentía segura entre sus brazos y anhelaba llegar a la cama pues su cuerpo ya anticipaba lo que seguiría. Él la depositó en la cama y continuó besándola mientras la despojaba de la ropa y después de hacer el amor dijo:

—Tengo que irme a mi casa pero vendré temprano a despedirme pues vamos a ir de cacería.

Ella durmió feliz, sin pesadillas, mientras en Nueva York David deshacía las maletas y se disponía a descansar. La tristeza lo tenía enfermo al saber que el amor de su vida estaba muerta y que ni siquiera había tenido el consuelo de verla por última vez y pensar que su hermosa mujer estaba en algún lugar de la selva tirada. El solo pensar en eso de nuevo lo hizo llorar y se sintió cansado tanto del cuerpo como del alma.

Melisa despertó sobresaltada pero se tranquilizó cuando lo vio que se acercaba a ella para darle un beso de buenos días y despedida pues dijo:

—Tardaré unos tres días en la selva. Cada día son más escasos los animales, mientras estoy fuera nana se hará cargo de ti. Te ayudara en lo que necesites. Piensa en mí, en que te amo.

—Claro que pensaré en ti. Te prometo. Contaré los días para que regreses a mí.

Lo miró alejarse con un dolor en el corazón. Ahora sabía lo que duele separarse del ser que se ama. Nunca había sentido eso que sentía ahora cuando se despedía de David. Ahora estaba segura de que jamás lo había amado.

Los tres días pasaron rápido y cuando los hombres regresaron con la carne de sus presas a Melisa no le importó que los vieran y delante de todos lo besó apasionadamente con toda la desesperación de tres días de ausencia y después de besarlo pudo ver allá a lo lejos que Xochitl se apresuraba para ir a recibirlo y al verlos besándose se marchó corriendo, tal vez llorando, pues ella vio que se tapaba la cara con las manos. Melisa se sintió mal. Su conciencia le remordía de pensar que esa bella joven estuviera sufriendo o llorando por su causa pero como el amor es egoísta pronto se olvidó de ella y entraron a la casa y el le dio un panal de miel que le había traído y una vez más pudo ver las diferencias entre ellos, pues ella no sabía qué hacer con lo que le había llevado, pues era de forma redonda y cerrado. Yumtzil tuvo que abrirlo por ella y decirle qué hacer para tomar los pedacitos de cera con miel pues en algunos había larvas pero cuando se llevó el primer trozo de cera a la boca y sintió la dulzura de la miel derritiéndose en su boca al presionarlo con los dientes se sintió satisfecha pues sólo la selva podía proporcionar esta miel de sabor tan puro y exquisito que ella no había sentido nunca y así con el sabor de la miel en los labios de ambos no paraban de besarse olvidándose del resto de las personas.

Yumtzil le dijo:

—Tengo que irme. Debo prepararme pues esta noche asaremos la carne en un ceremonial especial para toda la aldea pues hay un matrimonio que tienen un bebe recién nacido y vamos a darle la bienvenida a nuestra aldea y a nuestra familia y quiero que estés a mi lado, quiero que todos sepan que te amo y que me casaré contigo.

Se marchó para regresar más tarde casi al oscurecer. Ya Melisa podía ver las fogatas en medio de la aldea y él, tomándola del brazo, la llevó hasta el centro de las fogatas y le dijo:

—Mira, esta rama se coloca a través del animal y luego con esto se le unta esta mezcla de hierbas aromaticas, sal y chile para darle sabor. —Y ella hizo lo que él le indicó: tomando la rudimentaria brocha untó el primer animal y cuando terminó cada uno tomo la rama por los extremos y la colocaron atravesada en otra rama y en el fuego y solo después las demás mujeres y hombres hicieron lo mismo. Melisa y Yumtzil se besaron ahí delante de todos y pasaron la festividad muy juntos hasta que todos se retiraron a sus casas y esa fue la primera noche que después de hacer el amor el permaneció en la cama con ella hasta el amanecer del día siguiente. Al despertar y verlo ahí Melisa lo besó enamorada y feliz. Cuando él se fue a las labores del campo después de desayunar con ella, llegó el doctor y después de revisar la pierna le dijo:

—Ya estas bien. En un par de días tu pierna estará fuerte y podrás irte en menos de una semana, a menos que pienses permanecer aquí y casarte con Yumtzil. Lo que hicieron anoche no estuvo bien pues de acuerdo a las costumbres de ellos ustedes anunciaron su amor y su compromiso ante todos y la humillación más grande es para la pobre Xochitl. Ahora toda la aldea sabe que fue rechazada por él, pues el ritual que hicieron de asar el primer animal para la ceremonia lo debió realizar con ella y al hacerlo contigo él rompió el compromiso anterior. Ahora todos saben que él la rechazó y pueden cortejarla los demás jóvenes. Te imaginas los sentimientos de esa jovencita al ser tratada de esa manera.

—Doctor, qué puedo hacer. Nos amamos y los dos somos libres para casarnos. Yo también tenía un compromiso previo pero no me importa, sé que él está sufriendo pues me creerá muerta y es mejor así. Ahora Yumtzil y yo somos libres para realizar nuestro amor uniéndonos en matrimonio. Si él ya hubiera estado casado con ella todo habría sido diferente pues jamás me habría atrevido a poner mis ojos en él y no me habría enamorado.

»Él ya habló con sus padres y les dijo que no se casaría con ella pues me ama a mí y que en unos días nos casaremos.

—Sí —dijo el doctor—, lo sé porque el jefe me mandó llamar para decirme que trate de disuadirlos de esa locura. Tanto él como su esposa saben que las diferencias culturales son demasiadas y no aprueban ese matrimonio porque saben que no serán felices. Además, muchas cosas pueden pasar porque Xochitl tiene seis hermanos mayores que ella que para esta hora estarán ofendidos y buscando la manera de vengarse por este rechazo a su hermana. Las cosa aquí no son como en nuestro país. Aquí las ofensas se pagan con la sangre del ofensor. Si se detuvieron en la fiesta es porque respetan muchísimo al jefe y Yumtzil es su único hijo. Además es el futuro gobernante pero no sé cuánto tiempo los detendrá ese hecho. La única que podría detenerlos es Xochitl.

—Bueno —dijo Melisa—, podemos marcharnos de la aldea.

—¿Y a dónde irían? Sé realista, muchacha. El lugar y el destino de él es tomar algún día el lugar de su padre. Aquí será alguien amado y respetado. En otro lugar él no sería nada. Él está destinado a ser el jefe de la aldea y nadie puede escapar a su destino.

Pero dígame, doctor, ¿por eso debemos sacrificar nuestro amor, lo que sentimos el uno por el otro? ¿Por qué no podemos tener un destino juntos?

—Por favor, Melisa, sé realista. Es un abismo el que te separa de él, ¿por qué no quieres verlo así? Mira, aquí las mujeres lavan la ropa en el río, en nuestro país no tienen ni la menor idea de cómo lavar a mano. Las mujeres aquí cocinan en el fogón con ramas secas, en nuestro país algunas mujeres ni siquiera saben cocinar, viven de comida congelada o visitando MacDonald's o Burger King o a los supermercados donde venden comida ya hecha. Aquí las mujeres ayudan a sus hombres a labrar la tierra, allá no quieren ensuciarse las manos, los trabajos donde hay que ensuciarse se los dejan a los inmigrantes, que al tener necesidad del trabajo realizan lo que los americanos no quieren hacer. No quieres darte cuenta de todo lo que los separa. Mira, en nuestro país las mujeres sólo tienen un hijo o dos, aquí algunas mujeres tienen hasta doce o quince hijos.

»Estás obstinada en tu amor por él. Ésta es la segunda vez que te digo esto. Si no me escuchas y sigues adelante porque piensas que podrán ser felices, adelante, hija, después de cumplir con mi deber sólo me resta decirte que cuentas con mi apoyo y si decides quedarte y quieres trabajar siempre habrá lugar para ti en mi casa, que también es mi consultorio. Siempre tengo más pacientes de los que puedo atender solo, no por enfermedad sino por golpes, caídas y parturientas.

—Esta bien —dijo ella—, le prometo que pensaré en todo lo que me dijo.

El doctor se fue y Melisa estuvo pensando en lo que le dijo y se dijo a sí misma: "estoy conciente de todo eso y estoy conciente también de que al amar a Yumtzil he lastimado los sentimientos de una jovencita enamorada, pero yo no pedí amarlo, simplemente sucedió así. Ni siquiera me di cuenta cuando empecé a amarlo así. Lo amo y me quedaré a su lado para siempre. ¿Por qué deberíamos sacrificarnos? Vida sólo hay una y quiero ser feliz" y con esa convicción en su mente se quedó dormida hasta que llegó Yumtzil. Despacito la abrazó y la besó. Al principio se sobresaltó pero luego, correspondiendo al beso, se fundieron en una sola alma y corazón que latían al unísono y él dándose cuenta de que ya no tenía vendada la pierna dijo:

—¿Qué te dijo el doctor?

—Que ya estoy bien, que sólo es cuestión de dos o tres días para que pueda caminar sin bastón pero que si quiero ya puedo salir a caminar.

—Qué bien —dijo él—, como no tengo que trabajar al amanecer iremos a un lugar que deseo que conozcas. Es hermoso y sé que te gustará. Sólo estaba esperando que estuvieras bien para llevarte.

Esa noche durmieron juntos abrazados y diciéndose cuánto se amaban despacito al oído y al día siguiente muy temprano apenas amanecía cuando se levantaron y después de desayunar unos deliciosos huevos de codorniz que Melisa preparó esmerándose para agradar a su hombre.

Salieron de la casa y se dirigieron al campo. En el camino se encontraron a Xochitl con sus alumnos que iban en dirección a la escuela y sólo miró a Melisa con un odio infinito que no podía ocultar, pues se reflejaba en su mirada y automáticamente recordó lo que le dijo el doctor, que aquí las ofensas se lavan con sangre e involuntariamente se estremeció de temores, no por ella, si no por su amado ya que se sentiría muy culpable si a él le sucediera algo. Él, notando el leve temblor, la abrazó más estrechamente y ella se sintió confortada, protegida y amada. Así abrazados apretadamente llegaron a unas lagunas de agua tan hermosas de tonalidades cambiantes que al reflejo del sol que pasa a través de los pinares y de los bosques de encino, los helechos y la selva todo en un conjunto maravilloso con la luz solar ofrecen ala vista del espectador los tonos azul oscuro, turquesa, esmeralda, pasando por el violeta formando un paisaje maravilloso en concordancia con la fauna del lugar. Lo que más llamó la atención de Melisa fue que aunque las lagunas estaban juntas, estaban paralelas pero sin unirse en ningún punto.

Yumtzil, al ver hacia donde se centraba su mirada, le explicó:

—Existe una leyenda muy antigua de estas lagunas. Dice que cierta vez el dios del agua se paseaba por la tierra admirando las bellezas que la madre naturaleza ofrece a los mortales cuando se encontró con su hijo que estaba llorando de manera desconsolada al pie de un cerro. Se acercó a él y al preguntarle qué era lo que le sucedía para llorar de esa forma y preguntarle a continuación si alguien se había atrevido a lastimarlo para castigarlo de forma cruel y para calmar la pena que agobiaba al joven. Pero él le dijo "perdóname padre, me he enamorado de una mortal y quiero unirme a ella pero yo sé que mi madre y tú no lo permitirán". "¿Cómo pudiste hacernos esto? ¿Mi hijo y una mortal?". En realidad, él quería permitir que su hijo se casara con quien él quisiera pues solo deseaba la felicidad del joven, pero conocía el temperamento de su esposa y sabía que ella se opondría y que no lo permitiría y él no sabía qué hacer, pues también deseaba la felicidad de ella así que se fue a comunicarle los deseos del hijo. Cuando se lo contó, su esposa se llenó de rabia, de coraje y de odio en contra de aquella joven que había robado el corazón de su hijo.

»"¿Cómo puede mi hijo amar a una mortal? No lo permitiré jamás. Los separare como sea, de mi parte jamás tendrán autorización para esa locura". "De cualquier forma me casaré", dijo el joven, "y les pido perdón por mi desobediencia". Entonces la diosa lo maldijo diciéndole: "Maldito seas, hijo mío, reniego del día que te di la vida pero te digo que jamás le pertenecerás a aquella que tanto anhelas".

»La diosa bajo a la tierra a buscar a la más poderosa de las hechiceras y le dijo: "quiero que separes a dos que se aman de forma que aunque estén juntos no puedan jamás tocarse ni puedan unirse". "Muy bien", respondió la hechicera, y esperó a que el joven y su amada vinieran a verse como todas las tardes y esparció un polvo que hizo que perdieran su forma humana convirtiéndolos en lagunas que siempre estuvieran juntas pero jamás unidas, de acuerdo a los deseos de la diosa de la que recibió una gran cantidad de oro y piedras preciosas.

Cuando Yumtzil terminó su relato volteó a mirarla. Al ver que no hacía comentario alguno y vio que estaba llorando la abrazó con ternura y le dijo:

—Perdóname, no era mi intención hacerte llorar. Daría mi vida por tal de que tu jamás sientas un dolor que te haga llorar.

—Está bien —dijo ella—. Es solo que la leyenda es muy triste y tal vez nos pueda pasar a nosotros pues también tus padres se oponen a nuestro amor. El doctor me dijo que ellos nunca me aceptarán.

Yumtzil la besó y le dijo:

—No tienes nada de que preocuparte. Nadie nos va a separar. —Y abrazados se quedaron callados, cada uno ensimismado en sus propios pensamientos y temores. Cuando sintieron hambre, él se retiró un poco y trajo fruta de tres diferentes clases. Le dijo—: Mira, éstas son guayabas, estos son mangos y éstas son moras. —Al comerla era tan dulce que parecía que la habían aderezado con algún endulzante. Estas frutas eran desconocidas para ella pero eso no importaba: tenían un delicioso sabor y él le explicó que la fruta se daba de manera natural, no requería de ningún cultivo y más allá Melisa vio el fruto que ya había probado y que el doctor le había dicho que se llamaba pitahaya y ahora pudo ver la planta. Era como una palma y allá hasta arriba estaba el fruto de forma alargada y de color rosa. Él le preguntó si quería uno de ellos y Melisa le contestó que ya estaba satisfecha, que solo tenía curiosidad por la gran variedad de frutos que había y el temor que había sentido cuando estaba en la selva, que no se había atrevido a comerlos a pesar del hambre que estaba sufriendo y él le contestó que había hecho bien, pues así como hay frutos comestibles también los hay muy venenosos, pero tenemos varios que son buenos, por ejemplo estos que comiste también hay platanos, zapotes, guanabanas, papayas y ahogadores. Bueno, esos no son muy sabrosos pero son saciadores y nutritivos en caso de necesidad.

Melisa lo escuchaba embelesada y él le dijo:

—Bueno, basta de hablar de frutas y vamos a nadar.

Ella titubeó al pensar que sólo llevaba puesto el vestido que le habían regalado, sin nada más, y él, adivinando su pudor, le dijo:

–Mira, aquí no tienes porque sentirte avergonzada. Casi nadie viene aquí a esta hora: los hombres están trabajando en el campo y las mujeres lavan en el río y si alguien viene no tienes de que preocuparte, pues para nosotros la desnudez es algo muy natural cuando nadamos y nadie se fija en esos detalles. Además si alguien viene y una pareja está nadando no se acerca sino que busca otro lugar alejado para no interrumpir. E algunas ocasiones vienen las jóvenes de la aldea pero pocas veces pues prefieren nadar después de lavar la ropa en el río, la tienden al sol y mientras se seca ellas aprovechan para nadar.

Al fin la convenció y, quitándose el vestido y riendo feliz cual si fuera una adolescente, se lanzó al agua y empezó a nadar con brazadas largas para alcanzarlo y él sólo sonrió al ver que era tan buena nadadora como él.

El agua estaba fría y se sintió llena de vigor y fuerza. Yumtzil le demostró lo buen nadador que era pues al estar nadando paralelo a ella que había ganado una medalla en natación quería decir que era excelente pues ella estaba nadando con toda su fuerza. Al sentirse cansada paró de nadar y empezaron a juguetear en el agua hasta ya muy tarde en que saliendo del agua, se vistieron y se prepararon para regresar a la aldea. Cuando llegaron a la casa estaba esperándolos nana, la viejecita que la había cuidado con tanta ternura mientras estuvo imposibilitada para caminar, y hablando con él se notaba que estaba preocupada por algo. Después de hablar por mucho rato con él se marchó y él le dijo:

–Mira, mi amor, nana me vino a decir que tenemos que tener mucho cuidado. Los hermanos de Xochitl querían matarme porque la ofendí rechazándola pero ella los detuvo diciéndoles que lo nuestro es una locura que tendrá que terminarse porque ella va a hacer que te des cuenta que no perteneces a este lugar y que tendrás que irte.

»Dice nana que cocino un platillo para ti y se lo llevó a su casa para que ella te lo trajera pero ella tiró lo que Xochitl cocinó porque te quiere mucho y no quiere que nadie te lastime por eso me vino a advertir para que no comas nada que te traigan a menos que sea ella quien lo cocine. Sólo en nana puedes confiar. Prométeme que no comerás nada que te den a menos que sea nana pues temo que puedan envenenarte o algo peor: en lo más profundo de la selva existe una hechicera con los conocimientos más antiguos que pueden obligarte a dejar de amarme o convertirte en una persona sin voluntad propia para esclavizarte de por vida o tal vez para que ni siquiera recuerdes quien eres.

Melisa se sintió impotente para poder explicarle y hacerle comprender que aquello eran simples supersticiones de personas sin preparación pero como no quería que se sintiera ofendido y mucho menos angustiado por ella solemnemente le dijo:

—Te prometo que no comeré nada que no sea preparado por mi querida nana —aunque se sintió ridícula pero al mismo tiempo temerosa porque una cosa sí era cierta: podían envenenarla ya que Melisa en sus estudios de la flora del lugar sabía que había una gran variedad de plantas venenosas que mezcladas con los alimentos no se podría detectar ningún sabor raro en la comida así que mentalmente agradeció la preocupación de la viejecita. Al día siguiente fue a ayudar al doctor y así estudiando plantas y ayudándolo a curar heridas fueron pasando los días y una tarde en que estaba sola sentada en una piedra fuera de la casa y pensando en su amor que hacía unos días había ido a recoger fruta y de cacería y ella deseaba con toda su alma que ya regresara tomo la pluma y el cuaderno y escribió.

Vuelve pronto amor mío.
Te necesito como las raíces del árbol
Al agua del río
Como las plantas al sol
Y al rocío
Te necesito para verte
Amarte, tocarte
Para saber que eres mío
Y jamás dejarte partir
Pues para mí eso seria morir

Cuando terminaba de escribir esa línea vio que venía Xochitl y se disponía a entrar pero ella se apresuró y le dijo:

–Melisa, yo se que tú no podrás hacer feliz a Yumtzil. Existen entre ustedes muchas diferencias. El doctor me ha dicho cómo es la vida en tu país y tu vas a terminas aburriéndote y lo dejarás y él sufrirá. Así que es mejor que te vayas ahora. Él y yo somos iguales, pertenecemos a este lugar. Yo sí lo haría feliz. Vete. Aquí no hay lugar para ti.

Melisa se quedó asombrada de la audacia que tenía aquella jovencita al hablarle de esa manera y le contestó:

–¿Y quién eres tú para decidir acerca de mi vida y la de él? ¿Quién te dio autoridad para pensar que no lo puedo hacer feliz y que me iré un día? Nos amamos y eso es lo que te molesta: que a ti no te ama y no voy a dejarlo porque lo amo. Entiéndelo de una vez.

Xochitl no se dejo amedrentar por el tono de voz de Melisa. Y marchándose dijo:

–Pues no lo tendrás así tenga que matarlo. Prefiero verlo muerto que a tu lado. –Y se fue dejando a Melisa sumamente confundida y escribió pensando en él:

SOLO QUIERO PENSAR EN TI
Esta noche solo quiero pensar en ti
Pensar que eres mi esposo, mi amante
Mi hermano y mi amigo
Eres el amor que siempre busque
Como eterno caminante y al fin te encontré
Y ahora quiero pensar solo en ti
Pues te alejaste de mí
Y no te tengo a mi lado
Y te quiero te necesito
Mas tengo que resignarme
Y pensar que pronto tu vendrás
Y de nuevo yo seré feliz, te tendré junto a mí
Corazón entregándote la ternura
El amor y la pasión
Te espero con ansiedad
Necesito la dulzura que me brindas con ternura
La pasión que tienes para mi en tu corazón
Me hace falta tu amor
Para poder ser feliz
Y no morir como una flor sin sol.....

Después de escribir se durmió y al día siguiente muy temprano llegaron los hombres de su recolección y cacería y no le quiso decir nada para no preocuparlo y porque en realidad no creía capaz a la joven de cumplir su amenaza, si de verdad lo amaba ¿como podría querer lastimarlo?

Pasaron el día juntos. Esta vez no hubo ninguna ceremonia especial, sólo se repartió la carne y la fruta entre los habitantes de la aldea y al siguiente día muy temprano Yumtzil le dijo:

—Melisa, quiero llevarte a un lugar muy especial donde jamás he llevado a nadie. Es un poco lejos, por eso esperé hasta que tu pierna estuviera completamente sana.

Caminaron tomados de la mano por dos horas y cuando ya ella estaba muy cansada y pensaba si faltaría mucho para llegar él apartó unas ramas que formaban algo como una cortina de vegetación y dijo:

—Ya estamos aquí.

Los ojos de Melisa se llenaron de admiración al contemplar tan magnífico espectáculo. Parecía sacado de un cuento de hadas. Detrás de la maleza estaba la más hermosa caída de agua que ella pudiera haber visitado antes y había visto muchas. La tierra estaba cubierta de diversa vegetación con un colorido inmenso debido a la cantidad de flores que había y ella sintió que estaba en un lugar sagrado. Aunque no lo sabía, sentía que la caída de agua encerraba un misterio pero no se atrevió a romper ese momento mágico preguntando y como estaba muy fatigada se sentó en una gran piedra cercana a la caída y permitió que el agua que salpicaba mojara su cuerpo haciendo que el vestido se pegara a su cuerpo, moldeándolo y alejando el calor mientras ella estaba en una muda contemplación ante la belleza y majestuosidad de la cascada.

Yumtzil se alejó cortando flores que escogía de la gran variedad que había y solo eligiendo las más hermosas y cuando se acercó a Melisa ella esperaba que se las entregara, pero no lo hizo y ella no preguntó nada y le dijo:

—Si ya descansaste sigamos, quiero llevarte al lugar especial que te dije porque aunque este lugar es hermosísimo a donde te llevo tiene una magia excepcional, pero antes de llevarte quiero que me contestes algo: ¿estás segura que lo que sientes por mí es amor verdadero?

Ella contestó sin dudarlo ni un segundo:

—Sí, te amo como jamás he amado a nadie.

—Sólo quería estar seguro así no correrás ningún peligro —y tomándola de la mano la llevó guiándola hacia la cascada. Al acercarse el agua los mojaba y ella se preguntaba por qué la llevaría por ese lado pero de pronto ahí casi invisible estaba un sendero detrás de unos helechos y caminando con cuidado para no resbalar y caer, llegaron a la entrada de una cueva y al entrar, Melisa pudo ver una especie de mesa de centro y era una mesa ceremonial construida de piedra con un jarrón de barro al centro y dos sillas unidas por un arco en el lado de arriba. Al centro estaban dibujadas un par de manos entrelazadas.

Yumtzil la tomó de la mano y la llevó a las sillas y tomando asiento los dos le dijo:

—Toma las flores para depositarlas en el jarrón.

Ella las tomó con reverencia y él con sus manos sobre las de ella juntos dejaron la ofrenda floral en el jarrón de barro. Él dijo una oración en su dialecto y después le preguntó si quería ser su esposa para toda la eternidad. Ella se quedó asombrada ante esta inusual forma de proponerle matrimonio pero emocionada le contestó:

—Claro que sí quiero ser tu esposa. Es lo que más deseo en esta vida. —Y sellaron su compromiso con un beso y a continuación salieron de ahí. Al estar de nuevo sentados en una roca, Melisa le dijo:

—Qué hermoso lugar, pero ¿por qué elegiste la cueva para proponerme matrimonio?

—Mira, a esa cueva la llamamos la Cueva de los Enamorados. Existe una leyenda. Según dicen hace mucho tiempo había unos jóvenes que se amaban muchísimo pero eran de diferentes aldeas y eran rivales que se disputaban la caza, la pesca y la tierra. Cada vez que podían se golpeaban y hasta habían muerto algunos jóvenes por esta rivalidad, así que el odio entre ellos en lugar de menguar se acrecentaba día con día así que cuando los familiares se enteraron del amor que se tenían se opusieron a su matrimonio y nada pudo hacerlos cambiar de opinión ni los ruegos de la joven ni las amenazas del joven que tuvieron el efecto contrario pues los familiares de ella dijeron que matarían al joven y a él su familia le dijo que preferían verlo muerto que casado con ella, así que una tarde cuando se vieron a la orilla del río él le pidió que se fugara con él y ella aceptó. Caminaron mucho y cuando ya estaban lejos y se creían a salvo encontraron esta cueva y en ella decidieron construir su hogar pero los familiares no cejaban en su esfuerzo por encontrarlos hasta que un día él fue a buscar fruta y la familia de ella lo vio. No trataron de lastimarlo porque primero querían ver dónde estaba ella así que lo siguieron sin saber que los familiares de él los seguían a ellos y al llegar a la cascada se enfrentaron las dos familias con palos y piedras y él, tratando de protegerla, empezó a subir pero uno de ellos viendo que él subía y lanzando una piedra con precisión lo golpeó derribándolo y estrellándose contra las rocas murió. Viendo esto, la joven desesperada se arrojó desde la cueva cayendo en el mismo lugar que él y casi a punto de morir lo tomó de la mano. Las familias arrepentidas de su mal proceder hicieron un pacto de paz en memoria del gran amor de los jóvenes que fueron sepultados dentro de la cueva para que su amor perdure para siempre y por eso elegí traerte aquí para pedirte en matrimonio aunque dicen que es peligroso y que si no existe verdadero amor en la pareja uno de los dos caerá desde lo alto.

A Melisa le encantó el relato y se maravillaba ante la gran variedad de leyendas que había, pues él le había dicho que después le contaría algunas más.

Ahora debemos regresar. Pronto oscurecerá y la selva tiene muchos peligros. La última vez que fuimos de cacería perdimos a un joven, no pudimos ni siquiera rescatar su cuerpo.

Melisa se estremeció de temor al recordar los días que estuvo perdida en la selva, los ruidos nocturnos y diurnos que los mantenían en constante estado de alerta porque Leonardo le explicó que los rugidos más atemorizantes eran de jaguar, pantera y león y los aullidos de los coyotes también la espantaban y una gran diversidad de animales que él le dijo eran muy peligrosos pero trató de no pensar en esos peligros sino en el hombre que amaba. Ella estaba segura de que él sabría protegerla de todo, de esa forma intentaba darse valor, aun así apretó el paso para llegar cuanto antes a la aldea y a la seguridad de su casa. Era raro pero ya consideraba la choza como su hogar, era como si estuviera dejando atrás el pasado y por primera ves en muchos días recordó a David. Se sintió mal por él porque él pensaba que ella estaba muerta y era seguro que estaba sufriendo por eso, pero ella estaba segura del amor que sentía por Yumtzil y aunque sentía pena por los sentimientos de David estaba segura de que no regresaría a Nueva York a menos que... No. Ella no quería pensar que algo saliera mal. Su vida era perfecta y así debía seguir. Trató de alejar esos malos pensamientos pues seguir con ellos era como invitarlos a llegar y lo que menos quería era que se estropeara la hermosa realidad que estaba viviendo y volteó a ver a su amor como para asegurarse de que existía y no era producto de su imaginación y al ver su rostro donde se reflejaba la bondad de su corazón y al mirarla a los ojos se sintió verdaderamente amada y se afianzó en su resolución de afrontar lo que fuera para permanecer a su lado y mientras ellos caminaban por la selva de regreso a la aldea Xochitl no se estaba quedando tranquila. Había decidido que cuando tuviera un plan se los haría saber a sus hermanos para que la ayudaran, pues de ninguna manera estaba resignada. Sabía que podría sacar a Melisa de sus vidas. Entonces se casaría con él y formarían la familia que quería con dos o tres hijos. Ellos querían tomar venganza pero ella de ninguna manera permitiría que lo lastimaran a él, porque lo sentía suyo y lo quería suyo para siempre. Deseaba que él la amara y la hiciera su esposa y pensando en eso fue a hablar con el jefe de la aldea y su esposa pues para el plan en que estaba pensando requería la ayuda de ellos. Mientras Melisa y Yumtzil llegaban a la aldea tomados de la mano y riendo felices, ella los vio llegar y el corazón se le llenó de amargura al verlos tan felices y sobretodo al ver que ni siquiera voltearon a mirarla. Para ellos no existía nadie más, tan enfrascados estaban el uno en el otro. Entraron y fueron directo a la cama, estaban fatigados y felices. Durmieron profundamente y Melisa lo dejó dormir mientras ella acudía a ayudar al doctor y estaba atareada curando una herida, cuando Yumtzil se acercó a ella y le dijo:

—Melisa, esta noche saldremos de cacería, tal vez por más de una semana. Debemos reunir suficiente carne para secarla, pues el invierno se acerca y sin carne seca no lo sobreviviríamos.

Ella sintió un fuerte dolor en el corazón, como un presentimiento, pero nada dijo pues entendía que él sólo estaba cumpliendo con su deber y entendía que de cualquier forma él tenía que cumplir con proveer de comida para la aldea así que sólo le preguntó cuántos de los jóvenes de la aldea irían esta vez, a lo que él contestó que irían todos los jóvenes, pues los ancianos no soportarían la larga estadía en la selva.

Abrazados y besándose, llegaron a la casa y después de hacer el amor él le dijo:

–No me gusta tener que dejarte sola tanto tiempo pero te prometo que cuando regrese hablaré con mi padre y pondremos una fecha para preparar la ceremonia que nos convertirá en marido y mujer. Tendremos hijos y formaremos una familia.

Melisa durmió mal. Sólo a ratos dormitaba y despertó con dolor de cabeza. Necesitaba el calor de su cuerpo y al levantarse estaba cansada y así con todo eso fue a ayudar al doctor pues estaba segura que así era mejor. Se le haría más fácil y llevadera su ausencia pero pasó todo el día sin sentir ningún aliciente para seguir preocupada porque el presentimiento de que algo muy malo estaba a punto de suceder. Preocupada vio con alivio que el día se había terminado y al regresar a la casa escribió otro poema. Tal vez era la ausencia de su amado lo que la hacía sentirse tan sensible que estaba a punto de llorar.

En esta noche fría siento mucho más tu ausencia
Y mi soledad me causa dolor
Esta soledad mía está matando mi corazón
Mas sé que tu partida es algo temporal
Y mi dolor terminará con tu presencia
Y mi soledad con tu amor
Amor, cuánto deseo que regreses
Y que jamás de mí te alejes
Pero sé que es solo ilusión
Pues cuando vuelvas y me beses

Y aunque me llenes con tu pasión
Sé que de nuevo tú te irás
Y mi amor te llevarás
Y yo siempre te esperaré
Pues mi amor no terminará jamás
Y sé que no me olvidarás
Nuestra unión es para siempre
Sin jueces y sin firmas
Tú solo a mí me perteneces
Tu risa, tu voz de nuevo viene a reanimarme
Y entonces siento más y más
Todo el amor que tú me ofreces
Y ya no puedo perdonarme por dudarlo
Si sé que de nuevo tú te irás
Y tu partida me dolerá pero me resignaré
Porque sé que siempre recordarás
Que yo te espero y que nuestro amor
Nunca nunca terminará, tal vez tardes en volver
Y yo te estaré esperando al regresar....

Y así se fue a la cama suspirando y resignada a la espera de su regreso. Así pasaron los días lentos y desesperantes hasta que llego el día esperado por todos pero más por Melisa que ansiosa salió al patio pero no pudo verlo entre los hombres que llegaban. Todos los hombres eran recibidos con alegría por sus familias y vio a uno de los hombres que hablaba con el padre de Yumtzil y le mostraba un pedazo de tela manchado de rojo, que parecía sangre pero de lejos ella no podría asegurarlo.

Desesperada, corrió a ver al doctor para preguntarle si él sabía lo que estaba pasando y por qué él no había regresado con los demás pero el doctor nada sabía así que salió para averiguar qué era lo que sucedía y después de pasados unos cuarenta minutos que a ella se le hicieron siglos por fin el doctor regresó y la expresión que vio en su cara no le gustó pues presagiaba malas noticias. Aunado al presentimiento que había tenido desde que él se marchara la hacían temer lo peor:

—Lo siento mucho, hija, Yumtzil murió.

—No…, no, no, no puede ser, dígame que escuché mal.

—No, hija, oíste bien. Fue muerto por un puma. Los demás no pudieron hacer nada para salvarlo, ni siquiera pudieron recuperar el cuerpo.

Melisa corrió a esconder su dolor en la casita donde había sido tan feliz con el y ahí a solas pudo soltar sus emociones en un río de llanto incontenible que duró durante varios minutos y así llorando se rindió al cansancio emocional debido al llanto. Al amanecer fue despertada por un gran alboroto y fue a preguntarle al doctor qué había pasado, pues él era el único contacto con lo que pasaba en la aldea en que estaba sin él era un entorno hostil y él le dijo:

—Van a celebrar los ritos funerarios de Yumtzil a pesar de que no pudieron recuperar el cuerpo. Ellos piensan que el alma de él está aquí y necesita el fuego y el humo. Ayudan al alma a encontrar el camino y la entrada al cielo. Están trayendo ramas secas. Al atardecer encenderán la pira funeraria.

Melisa se preguntaba si podría estar presente y el doctor, adivinando sus intenciones, le dijo:

—Mira, hija, no podrás estar presente. Tú sabes que sus padres no aprobaban la relación de ustedes.

—No se preocupe por mí. Estaré en la casa.

Esa noche no pudo dormir debido a los cánticos con que despedían a su amado así que al amanecer estaba cansada del cuerpo y del alma y estaba pensando seriamente en pedir la ayuda del doctor para regresar a Nueva York lo antes posible. Sin él ya no tenía ningún sentido continuar ahí donde no era querida por nadie y lo pudo comprobar más tarde pues no necesito acudir al doctor en ayuda pues él llegó a buscarla después del desayuno y le dijo:

—Hija, tengo que decirte algo. El jefe de la aldea me llamó muy temprano para decirme que si ya estás bien no tiene objeto que continúes aquí. Creo que inconscientemente él te culpa de la muerte de su hijo y me dijo que debes marcharte ahora mismo. Afuera hay tres jóvenes que irán con nosotros hasta el pueblo y ahí alquilaremos caballos que nos transporten hasta el aeropuerto de San Cristóbal de las Casas, donde podrás tomar un avión que te lleve a Nueva York. Perdóname, hija, pero yo también creo que es lo mejor. Ahora aquí hay mucho dolor.

—Sí —dijo ella—, ya lo había pensado. De hecho, pensaba pedirle que arreglara mi regreso pero aun así me duele que tan pronto quieran deshacerse de mí, como si escondieran algo oscuro, pero estoy resignada a vivir mi vida sin él y lejos de aquí volveré a mi vida, mi carrera, y mis amigos. No tiene caso permanecer aquí más tiempo —y tomando la ropa que traía puesta cuando llegó le pidió al doctor unos momentos y cuando salió lista para irse de ahí con lágrimas de dolor en sus ojos le dijo el último adiós a todo lo que había vivido con Yumtzil, pues con él había aprendido a amar y ahora él ya no estaba. No pudo evitar que el llanto corriera libremente por sus mejillas pero sobreponiéndose emprendieron la marcha. Caminaron tres horas sin parar siguiendo la orilla del río tal como Leonardo le había dicho y llegaron a un pueblo donde alquilaron caballos para llegar al aeropuerto de San Cristóbal de las Casas. Ya tarde casi oscureciendo llegaron por fin y fueron al aeropuerto. Por suerte Melisa no había perdido su tarjeta de crédito por su caminata entre la selva, así que al menos podía regresar sin tener que llamar a nadie y mucho menos a David. No quería tener que darle explicaciones por teléfono. Ya habría tiempo de sobra para eso. Alquiló una avioneta que la llevaría al aeropuerto de Chiapas y al despedirse del doctor sus ojos se llenaron de lágrimas. Él la abrazó y ella corrió y subiéndose a la avioneta le decía adiós. Ya en el aire podía ver la majestuosidad de la selva, esa selva que le había robado lo que más amaba, el color más verde que jamás hubiera visto antes, las lagunas donde había ido a nadar con su amor ahora muerto y al pensar en eso no pudo reprimir el llanto, mientras el piloto de la avioneta, respetando el dolor que sentía, hacía como si no viera que estaba llorando hasta que llegaron. De inmediato compró su pasaje directo a Nueva York. Estaba fatigada y lo único que deseaba era llegar al apartamento que compartía con David y al pensar en ello volvió a la realidad. ¿Cómo haría para presentarse ante él que la creía muerta? El impacto sería difícil de asimilar, sobre todo cuando le comunicara que se mudaría a otro lugar pues de ninguna manera podía continuar viviendo bajo el mismo techo que él. Sería como traicionar el recuerdo de Yumtzil y su amor por él y una deslealtad para David. Él merecía encontrar el amor en alguien que lo amara de verdad y lo hiciera feliz. Ya pensaría cómo decirle. Se recostó en el cómodo asiento del avión y durmió profundamente hasta que la despertó la aeromoza para ofrecerle el desayuno. Le sirvieron pan tostado, huevos revueltos, tocino, jamón, jugo de naranja y café. Empezó a desayunar pero su paladar insistía en recordarle los desayunos que le preparaba nana y empezó a llorar de nuevo sin terminar el desayuno. Retiró la bandeja y escondió la cara volteando hacia la ventanilla para que nadie la viera llorar. Afortunadamente el asiento de al lado estaba vacío así que no tendría que dar explicaciones acerca de su llanto. Continuó llorando por unos minutos y cuando la joven aeromoza vino a recoger los restos del desayuno afortunadamente estaba tan ocupada con otros pasajeros que nada dijo, tal vez ni siquiera se dio por enterada que estaba llorando y si se dio cuenta prefirió respetar su dolor y dejarla en paz, algo que Melisa agradeció mentalmente. Después de unas horas la aeromoza anunció la llegada al aeropuerto de Nueva York y pidió que abrocharan sus cinturones de seguridad.

Melisa se sintió contenta por regresar a su país y después de pasar por interminables trámites al fin se vio en la ventanilla para alquilar un auto e ir directamente al departamento, descansar un poco. Con un poco de suerte, David no estaría ahí en esos momentos. Estaba demasiado cansada para tener que dar explicaciones. Necesitaba tiempo para pensar cómo le diría que iba a buscar un departamento. Cuando llegó se dejó caer cansada no sólo del viaje sino mentalmente. Sabía que lo lastimaría y eso le dolía profundamente. Cuando reunió suficientes fuerzas se levantó, fue a la habitación y trasladó su ropa a la habitación para huéspedes. Enseguida tomó su cuaderno que era lo único que había traído de la selva y escribió:

Amor de mi vida
En este día caluroso necesito más tu presencia
Tú, siempre amoroso, el hombre al que amo
Y por siempre amaré, al que deseo siempre amar
Siempre tener y sentir tu calor que nunca quiero perder
Pues eso sería morir y estoy muriendo por dentro
Desde el día en que te fuiste
Y aunque sé que no regresarás sigo esperando tu amor
Que me ayude a superar los retos de la vida

Y ahora como nunca necesito tu presencia
Y el dolor se acrecienta al no sentir tus brazos
A mi alrededor al no sentir la pasión que me ofrecías
Junto con tu gran amor por mí
Ese gran amor que necesito para vivir y ser feliz
Para no sentir el doloroso vacío que dejaste en mi al partir
Y aunque se que no regresarás
Te seguiré esperando hasta el final......

Después de escribir esto, Melisa se tomó una siesta para esperar el regreso de David.

Cuando despertó ya era muy tarde y David no había llegado. Había dejado la puerta abierta para escuchar cuando abriera así que preocupada fue hasta la recámara y vio que no estaba. Miró la hora y vio que era casi medianoche. En ese momento escuchó el auto y enseguida sus pasos acercándose. Estaba muy nerviosa pues no sabía cuál sería la reacción de el al verla.

Cuando David abrió la puerta y la vio, su cara palideció y Melisa pensó que se desmayaría así que corrió a sus brazos y le dijo:

—Soy yo de verdad —y así se tranquilizó y cuando David se repuso de la sorpresa dijo:

—Te creí muerta. No sé de qué manera sobrevivirías pero me alegro mucho de que estés bien aquí de regreso conmigo.

Melisa lo guió al sofá porque todavía le flaqueaban las piernas y después de sentarse le explicó en detalle cómo la habían rescatado pero omitió hablar de Yumtzil por el momento. David intentó besarla y ella lo rechazó, entonces él se dio cuenta de que algo raro pasaba, que ella estaba diferente, pero decidió no preguntarle nada hasta que ella sola le dijera y no tuvo que esperar mucho, pues Melisa le dijo:

—Han pasado muchas cosas en todo este tiempo. Voy a empezar por decirte que el hombre que me rescató me llevó a su aldea. Ahí me atendió un doctor y al pasar tantos días recibiendo las atenciones de Yumtzil me fui enamorando de él y de no ser porque él murió en una cacería yo no habría regresado. Pero regresé porque aquí esta toda mi vida. Yo deseaba empezar una nueva vida al lado de él pero después de su muerte ya nada tenía que hacer allá y aquí está mi trabajo y voy a reconstruir mi vida. En unos días buscaré un departamento. Voy a empezar a buscar algo para mí desde temprano. Claro primero tendré que reportarme al instituto de investigaciones pero después de hacerlo me dedicaré a buscar.

—No es necesario que busques departamento. Si quieres puedes quedarte con éste, yo buscaré algo para mí.

Melisa se sintió conmovida ante esta muestra de nobleza y le dijo:

—No, está bien. Si quiero iniciar una nueva vida tiene que ser en otro lugar. Por primera vez conocí el amor verdadero y te pido que me perdones, no tenía intención de lastimarte pero al conocerlo a él me di cuenta de que lo que sentía por ti era ternura, amistad y amor de hermanos y eso no es justo para ti. Tú necesitas encontrar el amor verdadero en una mujer que te ame de verdad y te haga feliz como yo lo encontré y lo perdí pero aun así él continúa en mi corazón.

—Te entiendo —dijo él—. Si quieres puedes contar conmigo. Te ayudare a buscar departamento y siempre seré tu amigo.

Los días pasaron rápidamente en la búsqueda del departamento, la instalación, compra de muebles y la reintegración a su trabajo, que a Melisa la tomó por sorpresa la noticia. Había

experimentado por unos días mareos y náuseas y por fin se
dejó convencer por su amiga Lorena para ir con el doctor y
practicarse unos exámenes. Probablemente sería algún virus
que había traído de la selva, pero cuando el doctor le dijo que
estaba embarazada no podía creerlo. Sentía una felicidad muy
grande de saber que el hijo de Yumtzil estaba en su vientre, el
producto de un gran amor. Ella estaba tan contenta. Era como
si Dios se hubiera compadecido de su dolor y le enviara un
maravilloso regalo e inmediatamente hizo cita con un ginecólogo y cuando tuvo su primera cita el doctor le mostró en la
pantalla del monitor el cuerpecito de su bebe. Pudo ver su
cabeza, sus piernitas, sus bracitos y sus piecitos. Melisa sentía
deseos de llorar de felicidad y el doctor le dijo:

–No te reprimas. Deja salir tus emociones. Si quieres llorar
hazlo. Es válido el llanto cuando es de felicidad. Te lava y te
conforta pero tienes que cuidar tu alimentación y deberías
comprar un libro acerca del embarazo y nacimiento de un bebe. Si es tu primer hijo vas a ver muchos cambios tanto en tu
vida como en tu cuerpo y el libro te ayudará a comprender y
asimilar mejor los cambios que se presentarán. Lo pueden leer
juntos tu esposo y tú.

–Doctor, el padre de mi hijo murió hace un mes.

–Lo siento mucho –dijo el doctor– pero tal vez una amiga
podría ayudarte durante el parto. Siempre es aconsejable que
tengas una mano amorosa que te apoye cuando tengas a tu
bebe. Tal vez todavía faltan seis meses.

Y Melisa salió de la consulta del doctor después de hacer su
cita para el próximo mes. Esto para ella era algo nuevo. Siempre había sido una mujer muy sana que casi nunca acudía al
médico pero esa era una de las cosas que cambiarían en su vida.

Se sintió en la necesidad de comunicarle la noticia de su embarazo a David, así que se dirigió al hospital. Se moría de ganas por compartir esta enorme felicidad que le llenaba el corazón y la hacía sentirse completamente llena de felicidad y orgullo. Al llegar le pidió a la secretaria que le dijera a David que deseaba verlo y como ella la conocía le dijo:

—Está en el consultorio y en este momento no tiene pacientes, así que puedes pasar.

Mientras recorría los pocos pasos que la separaban del consultorio pensaba en lo que hubiera sido su vida si no hubiera ido a Chiapas. Tal vez este bebe sería de David, pero en ese momento ella llegó y tocó la puerta quedamente. Escuchó la voz de él que invitaba a pasar a quien estuviera tocando y al entrar y ver que era ella se sorprendió porque desde que se había mudado no lo había vuelto a ver por falta de tiempo y le dijo:

—Qué agradable sorpresa que hayas venido a verme. Me tenías completamente olvidado.

—Pero ya estoy aquí —dijo ella— y tal vez para ti sea una tontería pero quería compartir contigo la gran felicidad que siento porque voy a tener un bebe. Quería que lo supieras porque somos amigos y también quiero pedirte que seas su pediatra.

—Por supuesto que lo seré y te felicito. Debe ser para ti una gran dicha tener un hijo del hombre que tanto amaste. Pero ese bebe necesitará un padre, Melisa. Cásate conmigo. Quiero ser el padre de tu hijo. Te prometo que lo querré como si fuera mi hijo.

No lo dudo —dijo ella—, pero no vine a decírtelo para que me pidieras matrimonio. Mira, no te ofendas pero prefiero tenerlo sola. No seré la primer mujer soltera que sea madre. No necesito casarme para tener a mi hijo y hacerlo sería traicionar mis principios, pues sabes que no te amo y así no podría hacerte feliz. No te preocupes por mí, yo estaré bien.

—Esta bien —contestó él—, pero al menos déjame estar cerca de ti y del bebe. Mira, vamos a cenar esta noche. Paso por ti a las ocho.

—Está bien —dijo ella—. A las ocho entonces.

Melisa estuvo lista a la hora convenida y pasaron una velada divertida. Cuando la dejó en la puerta de su casa estaba relajada y tranquila. Él era un magnífico amigo y ella estaba agradecida porque sabía que podía contar con él en caso necesario. Después de esa noche no pudieron verse o ir a comer o a cenar durante más de dos meses. Aún así, él estaba al pendiente de ella con llamadas por teléfono casi diariamente para saber si estaba bien o si se le antojaba algo. Realmente ella estaba llevando un embarazo maravilloso. No tenía ya náuseas, mareos o antojos. Sólo la gran felicidad de ver cómo su vientre crecía cada día más y le encantaba sentir los movimientos de su bebe. Era como si tuviera una mariposita juguetona que se movía si para a ella le gustaba contemplar cómo se advertían los movimientos por sobre la ropa y cuando ponía la mano el bebe respondía a su tacto y ella le hablaba con amor diciéndole cuánto lo amaba y cómo deseaba que el tiempo pasara rápido para tenerlo entre los brazos y llenarlo de besos. También le hablaba acerca de su padre y de la aldea donde fue concebido.

David, a pesar de la preocupación que sentía por ella, no había podido verla pues el trabajo lo había tenido completamente ocupado y ahora ya le había dejado dos o tres recados en la contestadora, le había mandado dos correos electrónicos y ella no contestaba. Por fin, desesperado y con la esperanza de encontrarla en su trabajo, le llamó allá y le contestó Lorena y así se enteró de que estaba en el hospital. Corrió a su auto y al llegar al hospital fue directo al departamento de ginecología. Ahí le dijeron dónde estaba ella y cuando llego al cuarto doscientos cincuenta y cuatro y tocó a la puerta escuchó la voz de ella invitándolo a pasar. Afortunadamente estaba sola. Llegó a ella y la abrazó diciendo:

—Por Dios, me hubieras llamado si te sentías mal. Espero que estén bien tú y el bebe.

—Ahora ya todo está bien. No te preocupes. Me asusté mucho pues de pronto me dieron unos dolores en el vientre y en lo único que pensé fue en la salud de mi hijo, así que inmediatamente vine al hospital. Dice el doctor que fue amenaza de aborto. Tengo que permanecer aquí por dos semanas en reposo absoluto y después debo cuidarme mucho los tres meses que me faltan para que llegue el día del parto. Y no te llamé porque sé que tienes mucho trabajo.

—Por Dios, no digas eso. Por ti dejo todo lo que tenga que hacer y lo sabes. Debiste llamarme.

—Bueno, está bien. Ya no te enojes. Te prometo que así lo haré si me vuelvo a sentir mal.

—Así lo espero y ahora me voy pues no son horas de visita y si la enfermera me ve se va a molestar. Te veré después —y le dio un ligero beso en los labios y se fue.

Al día siguiente David llegó con un ramo de flores y un osito de peluche y estuvo con ella mucho rato hasta que sonó su beeper y al ver que era su secretaria se marchó, prometiendo regresar al siguiente día.

Melisa se quedó observando la puerta por donde él había salido y la enfermera se acercó a ella y le dijo:

—Qué atento y amoroso es su esposo —y ella no la sacó de su error, pero su pensamiento voló a Chiapas donde había vivido la etapa más hermosa de su existencia.

Mientras tanto en Chiapas, allá en lo más recóndito de la selva, en la aldea, Yumtzil estaba en la cascada donde le pidió a Melisa ser su esposa. Todavía no comprendía por qué se había marchado si lo amaba. De eso estaba seguro: ella lo amaba. No comprendía lo que había pasado. De pronto, en mitad de la cacería, se sintió débil y no supo más de él hasta que despertó varios días después en casa de la hechicera y cuando regresó a la aldea su padre le dijo que Melisa se había ido al siguiente día que ellos se fueron de cacería. También le dijo que nadie la había obligado, que ella misma le había pedido ayuda al doctor para irse pues no quería despedirse de ti y a pesar de confiar en la palabra de su padre le preguntó al doctor pero él sólo le dijo que el jefe había facilitado que Melisa se fuera, pues le ordenó a tres hombres que los llevaran hasta el pueblo y que la habían llevado hasta el aeropuerto pero que él no sabía nada más. Ahora estaba solo y sus padres lo estaban presionando para que desposara a Xochitl. Él ni siquiera sabía por qué pero estaba renuente a contraer matrimonio con ella. Si Melisa jamás volvería y si se había ido es que no quería casarse con él y ese pensamiento lo entristecía sobremanera. Él sabía que jamás la olvidaría y pasado el tiempo la seguiría amando hasta la muerte y eso lo lastimaba. Ahora comprendía los sentimientos de la joven. Es muy triste amar a quien no te ama pero él ya había tomado una escisión: se levantó de la piedra decidido a ir hasta la casa de su padre para informarle que dejaran de presionarlo, pues no se casaría y les dijo terminantemente que Xochitl era libre de casarse con otro porque él había decidido permanecer soltero. El jefe montó en cólera diciendo que el linaje se perdería si no engendraba un hijo pero él sin escucharlo siquiera se marchó dando por terminada la conversación. Después, de forma más calmada, les dijo que no cambiaría de opinión pero que permanecería en la aldea trabajando como siempre y eso lo tranquilizó un poco, pues su temor era que quisiera ir a buscarla.

Y así pasaron los meses y Melisa nostálgica estaba recordando que hacía doce meses que había estado en Chiapas y las lágrimas empezaron a fluir libremente y a correr por sus mejillas al recordar los días felices que pasó al lado de su gran amor y la manera cruel en que fue arrancado de su vida, pues no tuvo ni el consuelo de verlo por última vez. Al perderlo también había perdido la ilusión de vivir, la que renació nuevamente al enterarse de su embarazo. Durante las dos semanas que estuvo en el hospital David no había dejado de ir un solo día a visitarla y por eso, cuando le pidió nuevamente que se casara con él, le dolió decirle que no una vez más. Ahora estaba llorando al recordar la pérdida del padre de su hijo que como si estuviera sintiendo lo mismo ese gran dolor que no podía acabarse lo sintió moverse inquieto y un dolor agudo la sacudio. Cuando se le pasó tomó el teléfono y llamó a David, que nerviosamente le dijo que estaría allá en unos minutos.

—Está bien —le dijo Melisa—, ten calma. Los bebes tardan mucho en nacer.

En unos minutos llegó y la llevó al hospital. Estaba tan nervioso que todos en el hospital pensaron que era el padre del bebe por nacer. El ginecólogo le dio un tapabocas y una camisa y lo llevó a la sala de partos. Estuvo junto a ella todo el tiempo, sosteniendo su mano y limpiando el sudor de su frente y cuando al fin se escuchó el primer llanto del bebe, la dejó y fue a examinarlo antes de colocarlo en los brazos de su madre que lo esperaba con ansiedad y cuando lo tuvo cerca de ella lo acunó brindándole todo el amor que sentía por él desde antes de nacer y lo besó antes de dormir, agotada por el esfuerzo de haber dado a luz.

En dos días estuvo lista y desesperada para regresar a su departamento. David la llevó en su auto con todo cuidado. Aunque estaba acostumbrado a atender a bebes recién nacidos aun así el estar conduciendo con un bebe en el asiento trasero era para él una nueva experiencia y estaba seguro que la atesoraría para siempre. Como hubiera deseado ser su padre y no sólo su doctor, ahora con amorosa ternura llevaba en sus brazos al hijo de otro hombre con la mujer que adoraba y después de dejarlo en la cuna se retiró para dejarlos descansar y llamó a su secretaria para saber si no tenía pacientes esperándolo y como le dijo que no los había, fue a descansar a su departamento. Últimamente había estado trabajando tarde por las noches, así que un día que regresara y durmiera desde temprano le haría mucho bien.

Entre el cuidado del bebe y su trabajo, Melisa no sintió pasar el tiempo y ese día estaban celebrando los primeros doce meses de vida de su hijo. Había ordenado un pastel, preparado varios bocadillos y estaban presentes sus amigos que habían traído a sus hijos y, aunque un poco tarde, llegó David como acostumbraba a hacerlo casi todos los días desde el nacimiento de su bebe. Pero esta vez llevaba un regalo en una mano y en la otra un globo que decía "Happy Birthday" y las manitas de el bebe se movían inquietas, pues quería tocar el globo que se escapaba hacia arriba lejos de su alcance y cuando él lo bajó y le permitió tomarlo en sus manitas, la carita del bebe sonreía y en ese momento dijo su primera palabra: papá. David, conmovido, dijo:

—¿Escuchaste? Me llamó papá.

—Sí —dijo ella—. Probablemente es por todo el tiempo que pasas con nosotros o porque lo llenas de regalos. Ya te he dicho que lo consientes demasiado.

–Melisa, si tú aceptaras casarte conmigo, de verdad sería su padre.

–No –dijo Melisa–, ya sabes lo que pienso acerca de eso –y molesta se fue a atender a los invitados que, gracias a Dios, no eran muchos, solo unos pocos amigos y sus hijos.

Cuando terminó la fiesta, Melisa estaba cansada pero contenta de ver a su hijo sano y feliz. Lo llevó a su cuna para que durmiera y así ella podría darse un duchazo para después dormir. Afortunadamente el tiempo en que el bebe despertaba para demandar comida cada dos horas había terminado y ahora por fin podía dormir bien.

Esa noche, Melisa estuvo pensando seriamente en la proposición de David. Tal vez porque el bebe lo quería al grado de llamarle papá y casi decidió aceptarlo, pero esa noche tuvo como una premonición. Veía a Yumtzil venir hacia ella con los brazos abiertos para abrazarla y llamándola. Despertó y la tristeza la invadió y aunque ella sabía que estaba muerto y que no regresaría, aún así se afianzó en su resolución de permanecer soltera a pesar de todo.

Mientras tanto allá en la selva, el viejo doctor estaba muy enfermo y esa tarde cuando Yumtzil fue a verlo le dijo:

–Siéntate, necesito hablar contigo. Cuando regresaste de la cacería me preguntaste si yo sabía por qué se había marchado Melisa y yo te dije que no tenía ni la menor idea, que ella sólo me había pedido que la ayudara para irse antes de que tú regresaras. Bien, pues te mentí y sólo puedo decirte: perdóname por haberte mentido pero ahora voy a morir y no quiero hacerlo llevándome esta mentira en mi conciencia. Melisa se fue porque cuando regresaron de la cacería trajeron una tela manchada de sangre y dijeron que estaban cazando cuando de pronto de entre la maleza salió un puma hambriento y que había sido imposible evitar el ataque contra ti y el puma arrastró tu cuerpo y les fue imposible recuperarlo para traerlo aquí y después de los ceremoniales por tu muerte tu padre me ordenó que le dijera que marchara, que ya nada tenía que hacer aquí y que él proporcionaría los guías para que la lleváramos de regreso al pueblo y como ella creía que tú habías muerto, no tuvo objeciones para marcharse de aquí e inmediatamente que le dije lo que tu padre me ordenó que le dijera tomó sus pertenencias y se marchó.

—Gracias por decirme la verdad y ahora la he perdido pues no sé nada de su vida en su país, por ejemplo dónde vivía ni siquiera tengo la menor idea en que dirección está Nueva York.

—Mira, hijo, lo único que yo sé es que trabaja en el Centro de Investigación Biológica de Nueva York, pero tal vez en el hotel Montebello puedan decirte más acerca de ella, por ejemplo la dirección de su casa o de su trabajo. Ahí estuvo hospedada antes del accidente aéreo y creo que fueron varios meses, así que forzosamente tuvo que hacer amistad con alguien o los registros del hotel te ayudarán a encontrarla.

—Está bien, doctor, trataré de encontrarla, pero primero hablaré con mi padre. Quiero que me explique detenidamente qué pasó, si me mintió acerca de la partida de Melisa haciéndome creer que ella sólo había esperado que yo marchara para poder regresar a su país. Entonces tal vez él sepa qué pasó y por qué desperté en la choza de la hechicera.

—Mira, hijo, no seas muy duro con él. Piensa que sólo actuó pensando qué era lo mejor para ti y si se equivocó no lo juzgues. A veces cometemos errores de los que después nos arrepentimos y yo estoy seguro de que tu papá está arrepentido de su proceder pero es demasiado orgulloso para admitirlo —y casi en un susurro terminó diciendo:. Como yo estoy arrepentido de no haberte dicho la verdad perdóname por favor –Yumtzil le dijo:

–Claro que lo perdono, doctor, y le agradezco que me haya dicho la verdad.

Y el doctor murió a los pocos segundos y llorando de dolor por la muerte de su viejo amigo le cerró los ojos y dijo una oración y diciendo "descanse en paz" salió de ahí a entrevistarse con su padre. Al encontrarlo, antes de entrar a la casa le dijo:

–El doctor acaba de morir y quiero saber por qué le mentiste a Melisa diciéndole que había muerto y encima de eso le exigiste que dejara la aldea sin importarte siquiera saber cuánto la amaba.

Su padre, avergonzado, le dijo:

–Perdóname, hijo. Creí que era lo correcto y lo mejor para ti. Xochitl me planteó el plan y yo lo acepté. Pensé que si ella se iba, tú la olvidarías pronto.

–Pues te equivocaste, padre, no la he olvidado y no la olvidaré mientras viva. Y después de los funerales del doctor iré a buscarla para casarme con ella y si tú te opones me iré de la aldea y empezaré una familia lejos de ti.

Su padre comprendió que había sido el doctor quien le había dicho la verdad antes de morir y mentalmente se lo agradeció. Él mismo, al ver sufrir a Yumtzil, estuvo tentado varias veces de decirle la verdad. Sólo lo había detenido pensar en la reacción de él cuando la supiera tenía miedo de perderlo y ahora su temor se hacía realidad y ahora su único hijo amenazaba con dejar la aldea, con irse de su lado y eso él no podía permitirlo, por lo que le dijo:

–Está bien, hijo, ve a buscarla y cuando la encuentres, tráela de regreso. Dile que éste es su hogar y que será bienvenida.

Yumtzil se sintió feliz de la decisión de su padre de aceptarla.

Los funerales del doctor se celebraron al día siguiente y él ante la pira funeraria, envuelto en la luz y el calor de las llamas que devoraban el cuerpo del doctor, pensaba "mi viejo y querido doctor, gracias por devolverme la vida con su confesión. Le juro que buscaré a Melisa y no descansaré hasta encontrarla y cuando lo haga la haré mi esposa para amarla y respetarla para siempre y la haré muy feliz para compensarla por el sufrimiento que le causaron al decirle que yo había muerto".

Después del funeral Yumtzil fue a buscar la bolsa en la que guardaba sus ahorros, dinero producto de las pieles que llevaba a vender al pueblo cuando iba con el doctor, y salió rumbo al pueblo. Tenía que investigar la forma de ponerse en contacto con Melisa. Ahora que sabía que le habían mentido para que se marchara no quería perder más tiempo. Veinticuatro meses era mucho tiempo y no quería arriesgarse a que ella lo olvidara. Caminó toda la noche y al amanecer llego al pueblo. Directamente fue al hotel y preguntó por alguien que la hubiera conocido y si sabían dónde localizarla. Desgraciadamente el antiguo gerente había sido despedido hacía mucho tiempo y no había archivos que pudieran serle de utilidad. Le dijeron que del antiguo personal sólo quedaba María. Era la única que podía decirle algo pero estaba de vacaciones y regresaría en quince días. Sumamente desilusionado regresó a la aldea justo para asistir a la boda de Xochitl con uno de los jóvenes amigos de él. Al verla vestida de novia se imaginó a Melisa y pensó lo hermosa que se vería así y como autómata estuvo presente en la ceremonia y así pasaron los días y cuando pensó que María ya estaría en el hotel, regresó al pueblo y preguntó por ella. Al explicarle lo que necesitaba y decirle todo lo que ellos habían vivido aunque se asombró al principio también se emocionó mucho, sobre todo al saber que estaba viva pues ella había sufrido mucho cuando el accidente porque todo el mundo dijo que ella había muerto y contenta le explicó que ella no podía darle ninguna información porque nada sabía pero el antiguo gerente vivía en San Cristóbal de las Casas y que él podía decirle lo que quería saber y le dio la dirección. Yumtzil alquiló un caballo y se dirigió a una tienda de ropa pues necesitaba comprar alguna ropa. No era lo mismo el pueblo que la ciudad y ahora que ya estaba ahí no podía andar vestido con los viejos pantalones que usaba siempre que iba al pueblo, pues tenía que estar vestido de acuerdo al lugar en el que iba a estar algunos días.

Después de las compras fue al hotel Montebello y pidió una habitación. Tomó una ducha y se vistió con uno de sus trajes nuevos que había comprado ese mismo día y se dirigió a la casa del antiguo gerente que lo recibió con desconfianza, pero al estar conversando en la puerta finalmente lo invitó a pasar pues se dio cuenta que era un hombre honrado y le dijo:

—Mira, me da muchísimo gusto que esa joven no haya muerto pues es muy joven y bonita, además de simpática y hubiera sido una irreparable pérdida su muerte. Pero lo único que tengo es la dirección del Centro de Investigaciones de Nueva York y es muy difícil que puedas llegar allá. Tal vez tú no lo sepas pero los requisitos para viajar al extranjero son muchos y es muy difícil conseguir una visa. Existen personas que quieren ir y pasan tiempo intentando obtener un permiso sin lograrlo y con toda su documentación en regla y a lo que tú me dices tú no tienes ni acta de nacimiento y ninguna otra documentación. Créeme, sería imposible que te dieran el permiso de viajar.

—Pero nosotros nos íbamos a casar —dijo Yumtzil.

—No, hijo, a las autoridades de inmigración eso no les importa. Si ella te ama o tú la amas a ellos lo único que les importa es que tú puedas comprobar tu identidad con documentos válidos. Lo que puedes hacer es escribirle. Pero si quieres un consejo, no le escribas con tu nombre. Si ella te cree muerto se asustaría mucho o tal vez pensaría que es una broma cruel y no contestaría. Escríbele como si fueras otra persona y dile que quieres hablar con ella acerca de ti. Si te sigue amando y continúa soltera, vendrá aquí, pues piensa en la posibilidad de que ya esté casada. Es mucho tiempo aunque te haya amado.

—No lo creo, pero le agradezco su consejo y lo seguiré al pie de la letra. Le escribiré como si fuera otra persona. Adiós y gracias por su ayuda.

Yumtzil regresó al hotel a pensar cómo le escribiría a Melisa y al fin decidió escribirle con el nombre del doctor. Después de escribir la carta fue a la oficina de correos y al enviarla preguntó en cuánto tiempo llegaría a su destino y el empleado postal le dijo que tardaría aproximadamente una semana. Entonces, él haciendo cuentas decidió que esperaría la respuesta aproximadamente en quince días así que más tranquilo regresó a la aldea donde su padre lo recibió feliz de que ya hubiera regresado, pues cada vez que iba a la ciudad temía que no regresara.

En Nueva York Melisa estaba emocionada y a la vez preocupada pues la enviaban de nuevo a México. Esta vez al estado de San Luis Potosí. La enviaban a investigar por qué había brotado una epidemia y las personas en un pueblito se estaban enfermando en cantidades alarmantes. El nombre del lugar al que la enviaban era Ciudad Valles y le habían dicho que era un lugar muy caluroso, así que ella tenía miedo de que se enfermara su bebe. Trató de no ir pero su jefe fue inflexible pues le dijo que no confiaba en nadie más para hacer las investigaciones pero tampoco quería dejarlo, así que se decidió a llevar a su hijo y se lo dijo a su jefe:

–Si no llevo a mi hijo no iré. –Y el aceptó y le dijo que no reparara en gastos, pues Melisa le planteó la posibilidad de renunciar si no lo llevaba con ella. Arregló el pasaporte de su hijo y lo llevó con David para que lo revisara y le dijera su opinión. Él no quería que fuera porque tenía miedo de que el calor lo afectara. Ella lo tranquilizó diciéndole que allá buscaría una casa para que el bebe estuviera cómodo y feliz

Cuando todo estaba listo se trasladó a Ciudad Valles y al llegar se sintió en casa. Aunque estaba muy lejos de Chiapas las tradiciones mexicanas le parecían igual y hacían sangrar su corazón de pena al recordar a su amor y saber que su bebe no tenía padre. Se hospedó en el hotel Valles mientras conseguía una casa pues tal vez su trabajo tomaría mucho tiempo y no podía estar viviendo con su hijo en un hotel. No era un lugar recomendable. El bebe necesitaba lo más parecido a un hogar que ella pudiera proporcionarle.

Al día siguiente, después de descansar un poco, empezó a hacer indagaciones y un joven botones del hotel la ayudó a encontrar casa y también le ayudó a buscar una empleada doméstica confiable, pues tendría que dejarla sola con su más preciado tesoro. Después de estar instalada en la casa y de dejar al bebe al cuidado de Verónica se dirigió a comprar un auto pues lo necesitaría para moverse por la ciudad y finalmente fue al hospital del lugar, donde después de presentarse a la administración hizo que uno de los médicos la guiara a las habitaciones de los enfermos. El primero fue un ancianito de pelo blanco y con marcados surcos en la piel debido a las arrugas que poblaban su cara, pero él, a pesar de los dolores de estómago, las náuseas, el vómito y los demás malestares, todavía tenía ánimos de recibir con una sonrisa a quienes se acercaban a su cama. Melisa lo examinó y después le preguntó:

—¿Dónde vive, abuelo?

—En la colonia Santa Rosa —contestó el anciano.

—Y, dígame, ¿cómo vive ahí, cómo es su casa, dónde se asea, de dónde es el agua que toma y dónde hacen sus necesidades fisiológicas?

—Bueno, doctora, vivimos mi esposa y yo en una casita humilde con piso de tierra, nos aseamos en el río y tomamos agua de un pocito que está cerca del río y las necesidades las hacemos en el monte.

—Está bien, descanse. Estoy segura de que pronto podrá irse a su casa.

Melisa se sorprendió a punto de llorar. Las similitudes eran tantas con la aldea de Yumtzil que la abrumaban pero se sobrepuso con fuerza de voluntad.

"Basta", se amonestó a si misma. "No puedo seguir así", pensó, "él está muerto y yo tengo que seguir con mi vida aunque sea difícil, pues cada vez que veo a mi hijo lo veo a él sus facciones, el color de su piel, sus ojos y esa forma tan especial de mirar, pues al igual que en los de él también en los de mi hijo puedo adivinar si está feliz, aburrido, cansado o molesto. Es su padre que en él volvió a vivir y eso era maravilloso pero a la vez desgarrador". Para ella tal vez cuando pasara más tiempo le agradecería a la vida que él se le pareciera tanto, pero ahora tenía que sobreponerse pues el hospital estaba lleno y tenía que examinar a todos uno por uno, que por supuesto no terminó ni con la cuarta parte así que a media tarde fue a comer con su hijo.

La recibió Verónica con su sonrisa contagiosa y su carita redonda. Tenía los ojos negros y un pelo larguísimo que le caía hacia atrás amarrado en una cola de caballo. Su cintura era menudita pero sus pechos y caderas eran grandes y voluptuosas así que cuando la veía pensó: "ojalá que no encuentre novio mientras esté trabajando conmigo", pues no la quería perder. En tan poco tiempo ya le era indispensable pues le preparaba unas comida tan deliciosas que la hacían recordar el sabor de los platillos que nana preparaba para ella, como la comida que estaba disfrutando en ese momento. No sabía de qué estaba hecha pero estaba deliciosa y de postre le sirvió un dulce de leche que la hizo desear comer más pero tenía que pensar en su figura. Si no tenía cuidado engordaría bajo los cuidados de ella. Después de comer estuvo jugando con su bebe y por la noche después de ducharlo lo llevó dormir y le estuvo contando un cuento. Cuando por fin el bebe se quedó dormido ella también se duchó, pues el calor era insoportable. Apenas salía del auto y ya estaba empapada en sudor. Era algo desagradable pero refrescante pues el sudor hacía que la piel se le refrescara.

Temprano se dirigió al hospital sin haber visto a su hijo. Reviso a dos o tres pacientes y regresó con su bebe. Comió con él y después de ducharse, pues tenía que hacerlo dos o tres veces al día para sentirse limpia, se despidió del bebe. Él agitaba su manita diciéndole adiós. Estuvo en el hospital toda la tarde y apenas pudo examinar a unos cuantos pacientes. "Esto me tomará varios días", pensó. Ya en el auto de regreso a su casa esa noche después de cenar estaba jugando con su bebe cuando sonó el teléfono. Verónica contestó y rápidamente le dijo:

—Por Dios, tenga, yo no entiendo nada de lo que dice esta persona —Y Melisa tomó el teléfono desconcertada, pues no sabía quién la estaba llamando, si era de la oficina o tal vez era David, así que se apresuró a contestar. Al darse cuenta de que era Lorena su confusión aumento pues si eran cuestiones de trabajo tendría que ser el gerente o la secretaria quienes la podrían llamar, no ella, pero escuchó lo que le decía en ese momento y eso disipó sus dudas:

—Perdóname por llamarte tan tarde pero te llegó una carta de Chiapas y pensé que tal vez sería urgente.

Melisa sintió un sobresalto en el corazón debido a la emoción y cuando le dijo que la enviaba el doctor Edward Smith ella recordó inmediatamente que era el nombre del doctor que había conocido en la aldea, así que le dijo:

—Hazme el favor de abrirla y leérmela.

—Por supuesto que sí —contestó Lorena y Melisa pudo oír cómo su amiga rasgaba el sobre. Por unos segundos, que a ella se le hicieron eternos y el tiempo que pasó entre que abrió el sobre se le hizo interminable y cuando al fin escuchó su voz que le leía la carta. Decía:

Querida Melisa:

Espero que estés bien aunque creo que debes tener mucho trabajo y me apena molestarte, pero tengo noticias que darte acerca de Yumtzil y no puedo explicarte por carta. Creo que sería mejor si te lo digo en persona pero por el momento yo no puedo ir, así que la única solución es que vengas lo más pronto que puedas, si es que sigues amándolo y si no te has casado. Porque si ya formaste un hogar lo mejor es que lo conserves y puedes hacer de cuenta que nunca te llegó esta carta, pero si decides venir puedes escribirme a la dirección que te mande en el sobre. Yo estaré al pendiente de recibir tu respuesta. No tardes,

Tu amigo que te estima, doctor Edward Smith

Despues de leer la carta Lorena le dijo:

—¿Quién demonios es este doctor y quién es Yumtzil?

—Mira, puedo contarte todo pero es un poco largo así que sería mejor si esperas a que yo regrese. Si te cuento ahora la llamada te saldrá carísima.

—No importa —dijo Lorena—. No podría dormir debido a la curiosidad.

Melisa le dijo:

—Espera un momento —y le ordenó a Verónica que llevara al bebe a su cama y después le dijo a Lorena—. Mira, cuando me enviaron a Chiapas y tuve el accidente, el joven que me rescató es Yumtzil pero él y yo nos enamoramos y aunque sus padres se oponían porque querían que él se casara con una joven de la aldea a quien su padre había comprometido en matrimonio con Yumtzil, así que él rompió el compromiso con ella y pensaba casarse conmigo pero fue de cacería y un puma lo mató y no pudieron rescatar su cuerpo y después regresé y supe que esperaba un hijo de él y ahora el doctor que me atendió cuando estuve en esa aldea es el que me escribió.

—Qué romantico —dijo Lorena.

—Está bien, pero ahora dame la dirección —y cuando se la dio, Melisa la escribió para contestarle inmediatamente al doctor y la direccion era hotel Montebello, San Cristóbal de las Casas, Chiapas.

Le escribió la carta, la colocó en un sobre y fue a ver al bebe para besarlo antes de dormir y como todavía estaba despierto le cantó una canción de cuna y al dormirse salió de puntitas para no despertarlo. Después fue a su recamara, se ducho y antes de dormir escribió pensando en su amado:

El reencuentro

Anoche sentí tu presencia aquí conmigo
Sentí que con pasión candente
Besabas cada parte de mi cuerpo
Y sentí tu boca como si hubiera sido realidad
Me hiciste perder la razón
Sentí que me estallaba el corazón
Te amo con sincera pasión
El deseo que siento por ti en mi cuerpo
No se ha apagado ni con tu muerte
Y sólo deseo que regreses
Para de nuevo tenerte más
Es sólo un pensamiento
Sé que no volverás más
Mi amor por ti no se apagara jamás…

Y aun después de terminar este continuaba si poder dormir y muy inquieta ella sabía que lo que la había puesto así era la carta del doctor. Su pensamiento no cesaba de preguntarse qué le querría decir y si estaba vivo pero no porque le habrían de haber de haber mentido solo que bueno pronto lo sabría y siguió escribiendo:

Noche y día pienso en ti
Noche y día te amo igual
Noche y día amo tus brazos en mi cuerpo
Tus labios en mi boca
Amo tu forma de hacerme el amor
Amo tu cuerpo amoldándose al mío
Formando un solo cuerpo y unidos
Al ritmo de una melodía de amor…

Y sólo cuando terminó de escribir hizo el esfuerzo de no pensar más y dormir.

Al día siguiente se detuvo en su camino al hospital para depositar la carta en el correo, esperando que llegara lo más pronto posible. Ella hubiera querido volar para saber qué quería decirle el doctor. Desgraciadamente en este momento no podía abandonar a los enfermos antes de saber qué estaba provocando los síntomas de la enfermedad. Las personas la necesitaban. Con la ayuda de Dios y sus conocimientos ella estaba confiada en que pronto descubriría la causa de esa epidemia. Al principio, los doctores y ella misma habían pensado en un brote de cólera pero no era eso. Los síntomas eran extremadamente similares pero ella sospechaba que la causa real era algún tipo de contaminación debido a químicos pero tenía que asegurarse y la mejor manera era hablar con todos los enfermos y ver qué era lo que tenían en común. Enfrascada en estos pensamientos llegó al hospital y el doctor que estaba en ese turno era un joven muy atractivo, con grandes ojos color café claro en los que se reflejaba la bondad de su corazón, su piel era morena y tenía manos de cirujano delgadas y gentiles y desde que conoció a Melisa había demostrado un interés especial y le había informado que era soltero, que debido al excesivo trabajo que siempre había en estos hospitales le había sido imposible conocer a la mujer adecuada para formar una familia y le daba a entender que ya la había encontrado y que era ella. Claro que Melisa entendió que estaba coqueteando con ella pero hizo como si no se diera cuenta, pues ella no estaba para romances sino para atender enfermos, investigar enfermedades y buscar, de ser posible, vacunas contra esas enfermedades. Así que el joven doctor se esforzaba continuamente para que ella se enterara de la admiración que sentía por ella y la recibió diciéndole:

—Anoche ingresaron tres personas más con los mismos síntomas: dos menores y una mujer embarazada. Ella está bien, se ira hoy. Ya se siente mejor y no tenemos cupo en el hospital, así que le daremos medicamentos y la enviaremos a su casa.

Melisa le pidió que la llevara con ella y el doctor, platicando, tratando de agradarla, la guío por un pasillo que los llevó a una salita de espera que estaba junto al quirófano, en el área de maternidad justo enfrente de los cuneros, donde ella pudo apreciar que había muchísimos bebes. De hecho, no quedaban vacías más que una o dos cunas. Como la enfermedad de la joven no requería hospitalización y además no tenían camas libres la colocaron ahí en espera de que llegara Melisa, para que hablara con ella pues inclusive la joven embarazada ya tenía en su mano una receta con la prescripción médica. Él le dijo:

—Mire, ésta es Melisa, una doctora que quiere platicar con usted antes de que pueda irse a su casa.

Melisa, con cuidado, estuvo hablando un rato de otras cosas para obtener su confianza y que la joven pudiera darle sinceramente la información que requería su investigación y cuando le preguntó dónde y cómo vivía se dio cuenta que las sospechas que tenía estaban bien fundadas: todos los enfermos a quienes ella había interrogado procedían de la Colonia Santa Rosa o de un lugar cercano llamado Colonia Diana, y ambos lugares estaban ubicados en la rivera del río y todas esas personas solían lavar en el río, asearse en las aguas del mismo y tomaban agua del mismo pocito ubicado cerca del río, así que Melisa estaba segura de que la fuente de enfermedad era el río. Ahora tenía que investigar qué tenían esas aguas que estaban enfermando a toda la población. Algo estaba contaminando las aguas pero para asegurarse tenía que hablar con el resto de los enfermos, tarea que le tomó varios días pues seguían llegando enfermos, unos levemente y otros realmente en estado grave. Los medicamentos que ella les había sugerido que usaran estaban surtiendo efecto pero la epidemia no cedía. Si ella tenía razón, que estaba segura de tenerla, los enfermos seguirían llegando pues mientras no se atacara la fuente de la enfermedad esta continuaría generando la epidemia sin poderse erradicar así que estaba decidida: al día siguiente iría a ese río a tomar nuestras de agua para analizarlas. Ya había investigado la dirección pero en ese momento recordó que al siguiente día era domingo así que tendría que esperar hasta el lunes para poder ir pues era el día libre de su empleada y no tenía con quién dejar al bebe, pues de ninguna forma lo podría exponer a que se pudiera enfermar. Él era su tesoro y lo cuidaría a costa de lo que fuera. Regresó a su casa y jugó con su hijo, lo durmió y se retiró a su recámara. Estaban solos en casa. Verónica se había marchado esa tarde. Se duchó y se recostó en su cama. Pretendía leer un poco pero estaba inquieta y la manera de lidiar con su inquietud había sido siempre escribir.

Hijo mío: eres el fruto de un gran amor que atesoraré siempre en mi corazón.

Cuando pase el tiempo y seas mayor te explicaré lo que pasó.

La muerte cruel nos lo arrebató a ti un padre y a mi un gran amor.

Jamás lo podremos remplazar pues fue un amor maravilloso.

Aunque no lo conociste sé que hubiera sido un padre ejemplar.

Estuve a punto de perderte y no lo podría soportar pues no eres el producto de una ligera pasión sino de un amor de verdad.

Melisa se quedó dormida, vencida por el cansancio, con la pluma entre las manos y al despertar encontró junto a su cara la carita de su bebe que despertó primero que ella y fue a acurrucarse junto a ella quedándose dormido nuevamente. Ella lo abrazó. Con todo su amor lo besó y el bebe despertó y empezó a juguetear con ella. Lo vistió y desayunaron juntos cereal con leche. Claro que el bebe tiró más de lo que comió pero estaba feliz pues por primera vez le había permitido comer solo. Lo lavó y le cambió la ropa y salieron al parque. Se sentía descansada y feliz. Tomó un libro y se sentó en la hierba junto a donde el bebe jugaba. Al poco rato llegaron más madres con sus hijos y se sentaron junto a ella y los bebes jugaban juntos. Pasaron parte del día al aire libre pero estaba tan caluroso que ella hubiera preferido estar en la casa recostada leyendo en la sala con el aire acondicionado pero comprendía que su hijito necesitaba jugar con otros bebes. Pronto dejo de leer pues entabló conversación con las otras madres que le hicieron preguntas acerca del bebe. Luego fueron a comer a un restaurant y después subieron al auto y tomando el boulevard llegaron al hotel Valles donde había estado hospedada, pues quería estar con el bebe en la alberca del hotel. Mientras el bebe estaba jugando en el agua ella lo vigilaba de cerca y de pronto se acercó a ella un hombre joven y atractivo. La verdad sí era muy guapo. Tenía unos brazos musculosos que él hacía el esfuerzo para que ella notara sus bíceps. Estaba bien formado y su cara pues tenía un aspecto enigmático: los ojos ligeramente rasgados, como si tuviera ascendencia asiática, sus pómulos salientes, una nariz aristocráticamente recta, al sonreír se le formaban dos hoyuelos en las mejillas y tenía la barbilla partida, así que cualquier mujer se sentiría honrada con su atención pero ella no, pues el recuerdo de su amor selvático llegaba con más fuerza cada día a su mente. Lo recordaba dormida y despierta, hasta cuando estaba trabajando el recuerdo la asaltaba así que para ella este hombre no era una tentación. Cuando estuvo cerca de ella y vio que estaba sola intentó entablar conversación con aires de conquistador diciendo:

–Me gustaría invitarte a cenar. Eres una mujer muy bella y veo que estás muy sola.

Pero Melisa se disculpo diciendo:

–Disculpe pero jamás saldría a cenar con un completo desconocido y no tengo la intención de empezar ahora y discúlpeme pero mi hijo me está llamando –y se fue dejándolo con un palmo de narices y sumamente sorprendido de que sus dotes de galán le hubieran fallado esta vez.

Mientras en Chiapas, Yumtzil llegaba al hotel Montebello. Era la segunda vez que, desesperado por noticias, llegaba de la aldea para ver si ya había llegado una respuesta de Melisa. Al preguntar esta vez le entregaron una carta y salió de ahí tan feliz que no quiso esperar a salir del hotel para leerla, así que tomó asiento en la sala y la vio antes de abrirla. Lo más raro es que en el sobre decía *Cd Valles San Luis Potosí* y lo más natural sería que dijera *Nueva York* pero la abrió y al leerla decía:

Querido doctor:

Espero que al recibir esta carta se encuentre bien. Lo que yo hubiera querido hacer después de saber que me tiene noticias de Yumtzil es ir inmediatamente a verlo para que personalmente me diga qué sabe de él, pero desafortunadamente estoy en medio de una investigación que afecta la vida de muchas personas y estoy trabajando mucho así que por favor discúlpeme porque ahora no pueda ir y no quiero que piense que no me importa saber de él y de lo que me pregunta que si no estoy casada, no lo estoy.

Cuando termine mi trabajo aquí le prometo que lo iré a visitar. Pero, doctor, no me haga concebir falsas ilusiones. Usted sabe cuánto lo amaba y aunque él esté muerto lo sigo amando igual o más que antes y nada me hubiera hecho más feliz que haberme casado con él pero las circunstancias fueron diferentes y ahora tengo que seguir con mi vida. Cuando vaya a visitarlo le llevaré una sorpresa que sé le gustará. Espero terminar mi trabajo lo más pronto posible para trasladarme a Chiapas y verlo antes de regresar a Nueva York.

Yumtzil estrujó la carta junto a su corazón y decidido fue a la estación de autobuses pues de ninguna manera pensaba esperar ahí a que fuera Melisa la que fuera. Él iría a donde ella estaba y preguntó cuántas horas tenía que viajar para llegar a Ciudad Valles. Una joven muy amable le dijo que no había salidas directas. Primero tenía que viajar de San Cristóbal de las Casas a la ciudad de México y de ahí a ciudad Valles y tendría que viajar por veinte o veinticuatro horas pero eso no le importaba: por ver a su adorada Melisa él era capaz de cruzar el país entero. Siempre que iba a la ciudad llevaba su dinero así que compró su pasaje a México y esperó a que anunciaran la salida de su autobús y como nunca había salido del pueblo estaba seguro de que no se sentiría aburrido durante el viaje pues todo era nuevo para él.

El lunes muy temprano Melisa tomó su auto y se dirigió por la carretera para llegar a la tan mencionada colonia. Después tomó por una calle polvorosa y al final llegó a la orilla del río. Buscó dónde estacionar el auto, bajó y se dirigió al río. Se le llenaron los ojos de lágrimas al ver el estado lastimoso de ése que un día estaba segura fue un hermoso paraje: el agua despedía un nauseabundo olor y aun así pudo ver a varias mujeres lavando ropa y a sus hijos nadando en el río. No podía comprender por qué lo hacían si el olor era completamente notorio, aun sin tocar el agua. Se acercó a la orilla y llenó varios tubos de ensayo con el agua y se dirigió al hospital donde pidió permiso al administrador de usar el laboratorio y empezó la investigación. Ahora tenía un incentivo extra para trabajar más de prisa, pues quería visitar al doctor y saber qué era lo que quería decirle. Tal vez Yumtzil estaba vivo, tal vez lo encontraron pero entonces porque hasta ahora habían pasado más de veinticuatro meses pero aun así quería regresar a Chiapas y ver al viejo y querido doctor. Además quería que el padre de Yumtzil conociera a su hijo y que supiera que el recuerdo de él no se terminaría, porque viviría siempre en su hijo y claro que también quería saber qué era lo que el doctor le quería decir. Trabajó con entusiasmo y dedicación y al caer la tarde se dio cuenta que no había comido nada así que se despidió de los demás doctores y manejó hasta su casa sin detenerse en la tienda como lo había pensado hacer, pero estaba tan cansada y tenía tanta hambre que no quiso detenerse. Cuando llegó ya Verónica había aseado al bebe así que se dio una ducha rápida y bajó a comer. Le había preparado un pollo en mole con unas semillas de ajonjolí encima que nada más de verlo servido se antojaba comerlo y después de quedar satisfecha estuvo jugando con su hijo en el jardín de la casa y cuando oscureció lo llevo a su recámara. El bebe quería primero un cuento y cuando terminó quiso que le cantara y Melisa lo único que quería era hacerlo feliz así que le canto una canción de cuna y cuando se quedó dormido lo dejó y fue a su recámara para leer un poco antes de dormir pero la interrumpió el toquecito que Verónica acostumbraba dar antes de entrar así que le ordenó pasar para ver qué era lo que deseaba, pues le había dicho que se retirara a descansar. Pensó que tal vez había llegado alguien pues había escuchado el timbre de la puerta, sólo que no imaginaba quién podría ser pues ella no conocía a alguien que pudiera visitarla y menos a esa hora y ella le dijo:

–En la sala está una persona que quiere verla.

–¿No le preguntaste su nombre y qué es lo que quiere?

–No, lo siento no se lo pregunté.

–Está bien, no te preocupes –dijo Melisa–, iré a ver quién es y que quiere –y saliendo de su recámara bajó la escalera, cruzó por el estudio y antes de entrar a la sala pudo ver a un hombre que, de espaldas a ella, contemplaba una fotografía donde aparecían ella y el bebe. El corazón le dio un vuelco y pensó que estaba imaginando cosas, pues la espalda de ese hombre le recordaba otra espalda muy amada y se lo recordaba muy claramente. Cuando él escuchó que alguien llegaba se dio la vuelta y se enfrentó a la reacción de ella, que al verlo directamente y sin lugar a dudas, pues la sala estaba completamente iluminada, le fallaron las pierna que se negaron a sostenerla y agarrándose de la pared fue cayendo lentamente. Él, al verla, corrió y la sostuvo entre sus brazos. Verónica, que afortunadamente iba detrás de ella, corrió y tomando el frasco de alcohol le frotó la frente y pasándole un algodón empapado por la nariz la obligó a que lo oliera lentamente. Melisa recobró el conocimiento y llorando aferrada a él le decía:

–Amor mío, me dijeron que habías muerto y por eso decidí regresar a Nueva York y también porque tu padre casi me obligó.

–Sí, dijo él pero ahora está arrepentido de todo pues a mí me dijeron que tú te habías marchado al siguiente día que nos fuimos de cacería, que tú no querías saber más de mí pero que no te habías atrevido a decírmelo de frente.

—¿Y por qué me buscaste ahora? ¿Acaso tu padre te dijo la verdad?

—Fue el doctor quien me la dijo antes de morir. Me dijo que te habían mentido diciéndote que yo había muerto. Por eso te escribí como si hubiera sido él. No quería que pensaras que todo era una broma de mal gusto si te escribía con mi nombre y tu dirección la conseguí del gerente del hotel donde estuviste hospedada y también conocí a María. Ella creía que estabas muerta. No te imaginas el gusto que le dio y me dijo que cuando regresemos pasemos a verla antes de ir a la aldea. Pero ya estoy aquí y te sigo amando mucho más que antes y sólo vivo esperando el momento para hacerte mi esposa.

—Yo también te amo a pesar de pensar que estabas muerto. Nunca he dejado de amarte y no te he olvidado ni un minuto del tiempo transcurrido. Pero te preguntarás quién es ese bebe de la foto.

—Pues sí, por un momento pensé que tal vez estabas casada y no te imaginas el dolor que sentí.

—Él es tu hijo. Estaba embarazada antes de que te fueras de cacería pero no lo sabía y tampoco el doctor lo sabía. Me enteré a los dos meses de mi regreso pues me sentía mal sin razón aparente y una amiga me aconsejó que no dejara pasar más tiempo, pues podía ser algo grave. Claro que lo que me dijo el ginecólogo fue lo más maravilloso. Es lo que me ha ayudado a soportar tu ausencia

—Dios mío —dijo Yumtzil—, como me hubiera gustado estar a tu lado en esos momentos —para enseguida abrazarla y besarla sin importarle la presencia de Verónica que, atónita, no podía dar crédito a lo que veía y escuchaba. Se le hacía tan imposible que una mujer tan bella, educada y fina como ella estuviera enamorada de un hombre así. Es cierto: era muy atractivo, guapo, varonil, musculoso y tenía los ojos más bellos que hubiera visto nunca pero fácilmente se veía que no tenía el nivel de educación que tenía Melisa, pero en fin, lo acababa de oír: era el padre del bebe y ahora se daba cuenta del porqué del nombre Yumtzil. Siempre se había preguntado de dónde provenía. Ahora lo sabía pues así se llamaba ese joven.

Hasta ese momento, Melisa se dio cuenta que Verónica continuaba ahí pues al verlo se había olvidado de todo y le dijo:

—Puedes ir a dormir. Si el necesita algo lo atenderé personalmente.

Después que se retiró la empleada le preguntó si quería cenar algo pero él le dijo que había cenado algo antes de ir a buscarla, pues estaba reuniendo el valor suficiente para presentarse ante ella pues eran tantas las cosas que pudieron haber sucedido en todo este tiempo y la verdad estaba temeroso.

A Melisa se le lleno el corazón de ternura ante este hombre tan valeroso para ir de caza a una selva peligrosa pero que ante la posibilidad de perderla se volvía tan temeroso como un bebe abandonado por su madre y lo acunó entre los brazos asegurándole que todo estaba bien y que ya nada los podría separar y diciéndole:

—Eso ya quedó atrás. Vamos a mi recámara para que tomes una ducha y descanses del largo viaje. Necesitas reponer fuerzas para conocer a tu hijo muy temprano, pues se parece a ti en lo madrugador. Siempre es el primero en despertar y venir a mi recámara.

Después de la ducha, relajado y ansioso llegó hasta Melisa que lo esperaba y su entrega fue maravillosa pues la separación los había preparado para un amor más puro y completo. No sólo fundieron sus cuerpos: ese día se entregaron el alma.

Muy temprano, Yumtzil se levantó y cuando el bebe fue a la recámara de su madre lo encontró sentado ahí. Al principio lo miró con desconfianza pero cuando su madre lo tomó en brazos y se lo entregó a él, empezó a hacer caritas como si fuera a llorar pero el amor que escuchó en la voz de él lo calmó enseguida y pudieron juguetear los tres juntos durante todo el día pues ella llamo por teléfono para disculparse por no ir al hospital. Ese día jugaron pasearon y después comieron bajo la mirada de Verónica que todavía no podía dar crédito a sus ojos.

Al siguiente día, Melisa le pidió que fuera con ella a tomar unas muestras más de agua y le explicó qué era lo que estaba investigando. Con reticencia lograron separarse del bebe para ir al río. Al llegar ahí y ver el estado tan horrible, la suciedad, el olor y la gente lavando con detergentes que contaminan el agua dijo:

—¿Cómo pueden las personas tratar así a la naturaleza? Mira este río. Está tan sucio, huele mal y está lleno de basura y la gente no lo nota. Sigue lavando ahí, echándole detergentes y otros productos químicos al agua. Tú viste el río de nuestra aldea. Ahí las mujeres lavan en el río pero usan jabón natural y con ése también se lavan el pelo. Tú lo usaste y sabes que es bueno. Deberían usarlo para no contaminar.

—Mira, Yumtzil, aquí ni siquiera lo conocen y ésa es la causa por la que están enfermos. Quiero descubrir qué es lo que está pasando. Me duele ver sufrir a la gente y por desgracia los ancianos son quienes pagan las consecuencias pues son quienes más se enferman pues sus defensas están débiles por la edad.

Tomaron las muestras que necesitaban y regresaron a la casa. Como ya era tarde ya no fue al hospital, así que se dirigieron a su casa. Tomaron una ducha juntos los tres y después juntos le contaron un cuento al bebe, turnándose para leerle. Después de que se durmió fueron a su recámara. Verónica ya había asimilado la idea de que viviría ahí, así que trataba de hacerse invisible cuando no la necesitaban y sólo acudía si la llamaban. Al día siguiente él se quedó en la casa y ella fue al hospital. Trabajó hasta que obtuvo los resultados deseados y regresó a su casa para cenar con sus amores y porque estaba ansiosa de contarle a Yumtzil que ya sabía que era lo que estaba provocando la epidemia, ya tenía identificadas a las bacterias que eran *salmonela, shigela, campylobacter* y metales cadmio y plomo, al llegar a su casa tomó una ducha y después jugaron con el bebe hasta que empezó a bostezar. Lo llevaron a su cama y ya cuando se hubo dormido y a solas en su recámara le dijo es muy triste lo que está sucediendo la causa de esta contaminación es la fábrica de azúcar y la ignorancia de la gente que vive cerca del río y lo usan para deshacerse de la basura también. Tienen letrinas que sus desagües van directo al río. Esa es la razón pues la *salmonela* es una bacteria que está en las heces fecales humanas y contamina tanto a las personas como a los alimentos. Tal vez el agua que están tomando contiene esta bacteria y la *shigelia* y *campilobacter* se encuentran en la basura ya que al tirarse al agua ha causado esta epidemia. El cadmio y el plomo también son una fuente de contaminación pero en este caso no tienen mucho que ver pero aun así tengo que redactar un memorando, pues una contaminación por plomo podría desencadenar una mortandad entre los bebes y ya con eso mi trabajo termina, pues ya está controlada la epidemia, pero ahora son las autoridades quienes deben impedir un nuevo brote y podremos regresar a Chiapas, así que temprano redactaré el memorandum y lo entregaremos a las autoridades y redactaré otro para que lo publiquen en el periódico dirigido a todas las personas que viven a la orilla del río. Tenemos que crear conciencia para que se den cuenta que ellos mismos están provocando las enfermedades y de seguir por ese camino terminarán por acarrear una catástrofe. Si todos hiciéramos conciencia el mundo sería un lugar mejor para vivir pero al paso que vamos creo que no llegaremos al 2020.

Muy temprano se levantó y fue a su estudio y empezó a redactar el documento.

Estimado presidente de Ciudad Valles:

Me dirijo a usted con todo el respeto que usted merece y por medio de la presente le comunico que la causa de la epidemia que nos tuvo muy atareados para erradicarla y que ha estado minando la salud de las personas que viven cerca de la rivera del río Valles es causada por las siguientes bacterias: salmonela, campylobacter *y* shigella. *También encontré altos niveles de cadmio y plomo y aunque la epidemia no fue causada por plomo sí están en peligro de perder la vida debido al plomo en el agua y me atrevo a decir que la única manera de que haya tal cantidad de plomo en las aguas del río es que una fábrica cercana al río no tiene un adecuado sistema de tratamiento de aguas residuales y las están descargando al río y lamentablemente el cadmio es un metal tóxico que podría provocar cáncer en las personas. Por eso me dirijo a usted esperando su inmediata cooperación por el bien de esta población.*

Atentamente,

Melisa Kent, bacterióloga.

También en una página separada le envío el siguiente memorandum para que lo mande publicar en el periódico de esta ciudad y, de ser posible, haga circular boletines en las colonias afectadas.

A todos los habitantes de las colonias que se encuentran ubicadas en la rivera del río se les informa que es un peligro nadar y lavar en el río así como consumir el agua de pozos cercanos a la orilla del río. También se les ruega que dejen de contaminar el agua del río con basura y deshechos humanos pues una de las bacterias encontradas en el agua es salmonela, *una bacteria que causa diarrea, vómito, náuseas y como consecuencia la muerte por deshidratación.*

Atentamente,

Melisa Kent, bacterióloga.

Al día siguiente, Melisa y Yumtzil fueron al palacio municipal y pidieron ver al presidente. No fue fácil pero al final lograron convencer a la secretaria del palacio de que los anunciara y le entregaron el memorandum y el presidente les prometió que tomaría cartas en el asunto y que después de las investigaciones los obligaría a aplicar medidas que evitaran la contaminación. Después fueron al hospital donde Melisa se despidió de los doctores que la habían ayudado con la investigación. Entregó un informe completo de sus investigaciones y resultados y después subieron al auto y Melisa le dijo:

—Bueno, amor mío, es hora de que regresemos a Chiapas, a nuestra aldea, a nuestra selva. —Y a Yumtzil le brillaron los ojos de felicidad y dijo:

—¿En qué nos iremos?

—En auto —dijo ella—, creo que es lo mejor para que el bebe pueda viajar cómodo. Lo compré para movilizarme más fácilmente y tratar de venderlo sólo retrasaría más nuestro viaje a Chiapas, así que manejaré esas veinte horas o más, no importa, estoy acostumbrada a manejar y aunque tengamos que dejarlo en San Cristóbal de las Casas, ahí contrataremos los servicios de un helicóptero que nos traslade a la aldea. Como comprenderás, el bebe no soportaría una travesía a pie por la selva.

Yumtzil, cabizbajo, aceptó aunque la idea de un helicóptero en su aldea no era algo que le gustara, sobre todo él sabía que su padre diría que es una inconciencia llevar un helicóptero ahí, porque así sabrían la ubicación de la aldea y Melisa, adivinando lo que estaba pensando dijo:

—Mira, creo que ya es tiempo de que tu padre vea hacia adelante, hacia el futuro. La aldea está cada vez mas cerca de los pueblos y los jóvenes tienen que estudiar para seguir adelante. Tú mismo me has dicho que la caza, la pesca y los frutos cada día son más escasos, así que será difícil. Yo quiero vivir ahí contigo pero también quiero un buen futuro para nuestro hijo. Espero que puedas entenderme.

—Claro que te entiendo pero no sé si mi padre lo entenderá. Algún día creo que lo sabremos.

En unas horas más el viaje terminó sin contratiempos y al llegar a San Cristóbal de las Casas se dirigieron a buscar hospedaje.

Muy noche llegaron al hotel Montebello y se quedaron ahí y como no podía dormir recurrió de nuevo a escribir

TAL VEZ
Ayer conocí el dolor
Hoy conozco el amor
Tal vez un día ya no piense más en el ayer
Tal vez me dedique a ser feliz
A aprender a valorar lo que la vida me ofrecerá

Para vivir de acuerdo a la felicidad
Y sólo sentir que se va la soledad
Para pensar que lo que siento
Jamás va a terminar
Lo que sufrí en el ayer
No se compara con la felicidad que vivo hoy
Y espero para siempre ser feliz
Tal vez después vuelva a sufrir
Tal vez sepa de nuevo lo que es el dolor
Quizá de nuevo vuelva a llorar
Pero si te tengo a ti eso ya no importará
Pues a tu lado vivo llena de alegría
Y si estoy contigo ya no importa nada más
Si tengo que sufrir vivir o morir
Quiero estar a tu lado pues a tu lado aprendí a ser feliz...

Y muy temprano fueron a contratar los servicios del helicóptero que, después de ponerse de acuerdo en el precio, los llevó a la aldea en pocos minutos y cuando ya se veía dijo Melisa:

–Por fin, mi querida aldea. El reencuentro con la selva me trae nueva vida, el recuerdo de tu gente, ya quiero ver a la querida nana.

–Sí –dijo él–, ya deseaba de verdad estar aquí.

Cuando llegaron se suscitó un escándalo que atrajo hacia afuera a toda la gente y especialmente al padre de Yumtzil que se veía molesto, pero todo se calmó al bajar Yumtzil. Se veía que realmente lo querían pues se alegraron de verdad al verlo regresar. Después de despedir al helicóptero y de pagarle por sus servicios se dirigieron al padre de él que, al verlo, lo abrazó e intercambiaron unas palabras en su idioma y justo después abrazó a una asombrada Melisa y tomando al bebe en sus brazos lo levantó y dijo, en voz alta para que todos lo escucharan:

—Numamtaque.

Y todos estrecharon al bebe uno por uno. Melisa estaba preguntándole qué significaba aquella palabra y él le dijo:

—Significa "nieto" y lo que les dijo es "miren, es mi nieto" así que todos lo abrazaron para darle la bienvenida a la aldea porque solo le dije la verdad: que es mi hijo.

Después de descansar un poco, Yumtzil fue a hablar con su padre pues quería casarse sin perder más tiempo ya era suficiente todo el que había perdido por culpa de la trampa que le habían tendido. Todavía no se explicaba cómo se las habían arreglado para darle la droga que lo había dejado inconsciente. Eso lo hizo sospechar de que su madre también estuviera involucrada en el complot pero eso ahora ya no importaba: lo único que contaba es que pronto la mujer amada sería su esposa y, al regresar muy contento, le dijo:

—Mi padre está de acuerdo y nos podremos casar la próxima luna llena.

Se besaron llenos de felicidad, pues al fin serían marido y mujer pero Melisa quería casarse también ante la ley de los hombres y quedaron de acuerdo en que lo harían la próxima vez que fueran a San Cristóbal de las Casas.

—Y dice mi padre que puedes usar el consultorio del doctor y también quiere que revises algunos documentos que dejó el doctor.

—Claro que revisaré todo, pero ahora vamos a dormir. El bebe ya está dormido y nosotros debemos descansar también.

Al día siguiente, al despertar, Melisa saludo al sol, al aire, a la selva y a la naturaleza agradeciendo a Dios por estar de nuevo ahí y juntos los tres fueron a la casa del doctor. Melisa no

pudo evitar que las lágrimas llenaran sus ojos al recordar la
dedicación con que la cuidó el viejo doctor y se dedicaron a
limpiar el lugar y al abrir un cajón de madera lo que encontró
la dejo sin aliento, pues ahí con la letra diminuta característica
del doctor, ya que ella la recordaba perfectamente, y su firma al
final estaba el testamento del doctor donde decía que tenía una
gran fortuna que constaba de propiedades, empresas y una
cuenta de banco que enmudecería a cualquiera pues era nada
menos que de cien millones de dólares y estipulaba claramente
que el único heredero de esa fortuna era Yumtzil y junto al
testamento había dos cartas, una dirigida a ella, que al leerla no
pudo menos que casi oír su voz. Decía así:

Querida Melisa:
Cuando recibas esta carta significará que ya estás
aquí, que es donde tú perteneces. Perdóname si no te dije
antes la verdad de tu partida pero cuando Yumtzil regresó
y me enteré de la trampa que le habían puesto tú ya te
habías ido hacía mucho y ya estabas en tu mundo. Ade-
más el jefe me lo prohibió pues dijo que ustedes no serían
felices pero al ver que la muerte estaba cerca escribí esta
carta y le dije la verdad. Para este tiempo ya sabíamos
que el amor de él era indestructible así que yo sabía que él
te buscaría sin cansarse y lo dejo como único heredero
porque yo sé que tú lo ayudarás para que pueda manejar
esta gran fortuna que recibí como herencia de mis padres
y que casi no quise tocar, pues en realidad no necesitaba
gran cosa para vivir. Sólo algunas veces llamaba a mi
abogado del cual te dejo su nombre y su dirección y esta
carta que quiero que le entregues en propia mano. Lláma-
lo al teléfono que está anotado y explícale acerca de mi

muerte y lo que dispuse que se hiciera. Espero que esa fortuna sirva para que todos aquí en la aldea mejoren su forma de vida. La cacería es escasa y los frutos también. Si no hacen algo pronto estarán sufriendo una hambruna colectiva que terminaría en desnutrición y tú y yo sabemos que eso sería mortal, así que confío en ti, mi querida Melisa, para que logres que se integren a la sociedad. Claro que tendrá que ser paulatinamente para que no resientan tanto el cambio. No te pediría eso si no lo considerara estrictamente necesario. El nombre del abogado es George Barffield y en mi libreta de direcciones encontrarás su número de teléfono y su dirección.

Melisa, te deseo toda la felicidad del mundo, tu amigo y doctor, Edward Smith.

Melisa llamó a Yumtzil que estaba sacudiendo el polvo y le dijo:

—Encontré el testamento del doctor y tú eres el único heredero de una gran fortuna —y aunque le dijo la cantidad de dinero en efectivo que estaba en el banco a disposición inmediata para él aun así no dio signos de que le importara y dijo:

—Yo no necesito dinero si te tengo a ti. Tú eres para mí mi más grande tesoro y por supuesto mi hijo. Con ustedes a mi lado no necesito nada más.

Ella se sintió sumamente halagada ante esa respuesta pero le explicó lo que el doctor decía en la carta y él estuvo de acuerdo pero le dijo que no seria fácil convencer a su padre de construir escuelas.

Melisa dijo:

—No sólo construiremos escuelas. También construiremos una fábrica. Las mujeres de aquí saben hacer hermosos bordados y tejidos y preciosas vasijas de barro decoradas, así que pronto nos convertiremos en los exportadores de ese tipo de artesanías a Estados Unidos. Ahí apreciarán ese hermoso trabajo, ya lo verás. Convenceremos a tu padre pero primero debemos ir al pueblo. En el hotel donde estuve la primera vez que vine a Chiapas tienen teléfono. De ahí hablaré con el abogado y podremos llevar al bebe. Se ha adaptado por completo a la aldea, así que no creo que tenga problemas con el viaje a través de la selva. Creo que se parece más a ti que a mí.

–Que bien –dijo él–. Ahora que los encontré no quiero separarme ni un momento. Tengo temor de perderlos de nuevo.

–No te preocupes. Si logramos convencer a tu padre se terminarán las separaciones por ir a cazar y si quieren hacerlo será sólo por deporte, pues tendremos todo lo que el dinero puede comprar.

Melisa preguntó acerca de Xochitl. Estaba temerosa de que pudiera causarles más problemas, pero él le dijo:

–Está casada y pronto tendrá un hijo.

–Qué bien –dijo ella–. Me preocupaba que no fuera feliz por mi causa –y saliendo de ahí fueron a informarle al jefe que irían al pueblo.

Prepararon todo y al día siguiente fueron al pueblo. El bebe estaba feliz viajando en los hombros de su padre. Desde ahí podía verlo todo y cuando veía pasar los animales los llamaba, como si pudieran entenderlo. Los animales se detenían y Melisa pensaba: "No hay duda. Este bebe pertenece a este lugar". No tuvieron ningún problema. Sólo que tuvieron que quedarse en el hotel dos días, pues el abogado les dijo que iría a hablar con ellos. Cuando llegó estudió detenidamente el testamento del doctor y la carta que le dejara a Melisa y le dijo:

—Sí, efectivamente es la firma del doctor y yo ya sabia de esta decisión. Él me la comunicó por teléfono hace mucho tiempo y, bien, la cuenta del banco no es de cien millones de dólares como dice él —y ella pensó que sería posible que fuera menos así que pensó: "espero que nos alcance para construir la escuela y la fábrica" pero se sorprendió cuando dijo—: las empresas han tenido últimamente un alza extraordinaria y la cuenta del banco es de doscientos millones de dólares que están a disposición de Yumtzil cuando él los necesite. Lo único que debe hacer es llamarme y le mandaré el dinero que quiera, en el momento que él decida qué hacer con él. Y las empresas y propiedades si el decidiera que se vendieran ahora le daría aproximadamente dos o tres mil millones de dólares.

—Nosotros ya hablamos de eso. Queremos que usted se siga encargando de la administración de las empresas. Queremos construir escuelas, carreteras, y una fábrica que dé empleo a las personas de la aldea. Sólo que primero tenemos que hablar con el jefe de la aldea. Si pudiera ir con nosotros en el helicóptero para que vea la ubicación del lugar. —El abogado estuvo de acuerdo y en unos minutos de vuelo el abogado pudo ver la aldea y cuando aterrizaron fueron directamente a la casa que había sido la del doctor y los instalaron para que descansaran mientras ellos hablaban con el jefe. No fue fácil pero después de presentar una férrea resistencia se tuvo que rendir ante los inevitables e irrefutables argumentos de Yumtzil acerca de la caza y la pesca, así también la recolección de frutos que cada día escaseaba más y como el jefe amaba a su gente al fin aceptó el inevitable paso hacia la civilización y aceptó todos los planes de los jóvenes y les dijo:

—Esta noche será la ceremonia matrimonial pues hoy es luna llena —y la madre de Yumtzil le entrego un hermoso vestido blanco bordado con tanta delicadeza. El bordado era tan maravilloso que hubiera sido la envidia de cualquier mujer pues no había dinero en el mundo que pudiera pagar tanta exquisitez. Ella lo tomó y después de darle las gracias se retiraron a su casa a preparar todo y a comunicarle al abogado que el jefe había aceptado los planes tal y como se le habían planteado. Lo invitaron a la ceremonia pero se disculpó pues tenía compromisos previos y se marchó diciéndoles que al día siguiente contrataría un ingeniero para empezar con la construcción de la carretera que llegaría hasta San Cristóbal de las Casas y enseguida la escuela y la fábrica de cerámica y bordados.

–Está bien –dijo Melisa despidiéndose del abogado y del piloto.

Esa noche el fuego brillaba y los animales que habían cazado los hermanos de Xochitl como una disculpa por su mal proceder estaban asándose al fuego y ella estaba vestida con el hermoso vestido blanco que la mamá de Yumtzil había bordado tan primorosamente. Xochitl había llegado hasta la casa y le había pedido una disculpa explicándole que ella y sus hermanos habían planeado separarla de Yumtzil.

Melisa la perdonó y ya sin rencores, pues le había explicado que era muy feliz con su esposo y que ahora comprendía que lo que sentía por Yumtzil había sido un capricho que se había terminado y la ayudo a peinarse y le entretejió en su pelo flores blancas.

Cuando estuvo lista fue con ella hasta el centro de la aldea donde habían preparado todo para la ceremonia. Ahí habían colocado un arco adornado con exóticas flores y sentados debajo de él estaban los padres de Yumtzil y en sus manos tenían un lazo hecho también de flores blancas y en la masa uno más pero un poco menor y ahora entendía por qué nana se había llevado al bebe, pues lo habían vestido con una túnica blanca ricamente bordada y en su cabecita habían colocado una diadema de flores que ahora se entretenía en quitar algunas flores para despedazarlas. Ella sintió temor de que comiera alguna pero pensó que si fueran peligrosas no se las hubieran puesto pues lo amaban tanto que ahora Melisa tenía muy poca oportunidad de atenderlo ella misma, pues se lo disputaban la abuela y las tías y se hacían cargo de todo lo que pudiera necesitar y dándoles la espalda a sus padres él la esperaba ataviado con un manto blanquísimo, también bordado por las manos de su madre. Lo llevaba sobre los hombros echado hacia un lado. Cuando llegó hasta él la tomó de la mano y quedaron frente a sus padres que en medio de ellos tenían al bebe sentado en una silla. Había también una mesa y una fogata sobre una especie de mesa pero hecha de piedra. El jefe comenzó a hablar y quedamente Yumtzil traducía para ella.

—Yumtzil y Melisa: esta noche ustedes han decidido voluntariamente unir sus vidas no sólo en esta vida. Ustedes estarán unidos eternamente como una sola alma y un solo espíritu. Que su amor no sea como esta hoguera que al poco rato de encenderse, cuando las llamas consuman las ramas se apagará sino asegúrense de que sea firme como la piedra sobre la que está esta hoguera que a pesar del fuego, la lluvia, y el tiempo a pesar de todo permanece firme.

»Estar casados es compartir las penas y las alegrías, es tenderle la mano al momento de levantarse, es levantarlo cuando caiga, es compartir una puesta de sol o un amanecer, es entenderse sin palabras, es estar juntos por el solo placer de verse, estar casados es decirle a tu pareja cuando esté muriendo "es tu boca la que me dará el último beso, es tu mano la que evitará que sienta temor a lo desconocido, son tus brazos los que me llevarán a la tierra donde mi cuerpo descansará pero mi alma te esperará en el más allá".

»Yumtzil, en este momento tomas por esposa a una mujer a la que debes cuida, amar y proteger. No debes menospreciarla jamás, pues ella será la aurora de tus días, la madre de tus hijos, el calor cuando sientas frío, el consuelo cuando estés caído y el bálsamo de tu vejez...

»Melisa, recibe como esposo a este hombre que ha jurado amarte, respetarte y protegerte. A él debes obediencia, pues será para ti la ternura en tus amaneceres, el calor en el invierno cruel, la sonrisa de amor si los demás te dan la espalda, la mano que te sostendrá en tus caídas y el reposo de tus aflicciones. Y ahora, los dos deben jurar amarse y proporcionarse fidelidad absoluta hasta la eternidad.

—Sí, juramos ante Dios y ante ustedes amarnos, respetarnos y sernos fieles uno a otro hasta la eternidad.

Después de eso les pusieron el lazo alrededor del cuello de ambos y los lazos menores entrelazados los colocaron en sus manos uniéndolos para siempre.

—Así como estos lazos los han unido físicamente, así los unan espiritualmente.

Después los abrazaron deseándoles lo mejor, primero sus padres y después cada uno de los habitantes de la aldea.

La fiesta de bodas terminó casi al amanecer.

Melisa y Yumtzil, abrazados junto a las lagunas, veían el amanecer.

Era un nuevo amanecer para la aldea y todo sería diferente pues pronto los aldeanos tendrían un mejor futuro gracias a la generosidad del querido doctor y ellos estarían unidos y felices con su adorado hijo.